あさって より先は、 見ない。

山本ふみこ

はじめに

いつ、どこからそのタネは飛んできたのでしょう。
タネは散蒔かれ、発芽したのです。そうして葉をつけ、草丈高く育ちました。
それは、「心配」の草でした。

あたりを見渡すと、経済の心配、家族内の心配、病気の心配、自分の特性を理解されない心配といったような「心配」の草が育っています。
「心配」の正体を知るために、辞書を引いてみました。

①心を配って世話すること。こころづかい。配慮。「住居の―をする」
②心にかけて思いわずらうこと。また、不安に思うこと。気がかり。うれえ。
「―で眠れない」「―をかける」「雨が―だ」

「広辞苑／第五版」より

ついわたしは「心配」を負のイメージばかりでとらえていましたが、「心配」の元の意味が、「心を配って世話をする」であったことに、あらためて少し驚いています。

でもね、この世の「心配」の草たちは「心を配って世話をする」を離れて、繁茂しているようなのです。

「認知症になったらどうしよう。母も晩年そうなったから、わたしもきっとなる」

と云う知人がありました。

「老後の経済が気がかり。子どもに負担をかけたくない」

と呟く友がありました。

「息子が独身を通しそうだ。年とってゆく息子とわたしのふたり暮らしを想像して、不安でたまらない」

という新聞記事を読みました。

その気持ち、わかります。

わかるけれども、「心配」のタネの蒔き過ぎではないだろうか、とわたしは思うのです。まだ起きていない事ごとをその上、心配の必要のないことまで箇条書きにして、端からていねいに心配する。そんな心配は過剰ではないでしょうか。

箇条書きにはいつの間にか、つくり話まで加わって、予告編の不安のなかでアップアップするようなことにもなりかねない……。

いつだったか、尊敬してやまない歌舞伎役者の坂東玉三郎が、テレビ番組のなかでこう話すのを見ました。

「遠くを見ない。明日だけを見る」

「ずいぶん長いことやってきてって、よく云われるけれど、あんまりそんな感覚、ないんですよね。どういう感覚かって、そう……毎日やってきた。そうしたらきょうになったという感覚ですね」

そう語るのを聞いて、勇気を得たわたしは「あさってより先は、見ない」ということばを自らのなかに置ました。

わたしのなかにだって「心配」のタネは蒔かれ、それが育とうとする瞬間瞬間はあります。が、まだ起きていないそんな事ごとに気をとられている暇があったら、毎日をおもしろがって生きようと思い直すのです。

困ることが起きたら、そのとき困ろうと、思い直すのです。

目次

第3章　泣きそうになる

第4章　日常愛

第5章　くまがや日記

熊谷駅に着き、そこから
自転車か迎えの車で
家に向かう。
玄関の引き戸を開けると、
ほっとする。
「ただいま」。
長年暮らした東京を
大好きだが、いまは
仕事仲間のような存在。
親しくともに何かをこなし、
わたしは帰る。

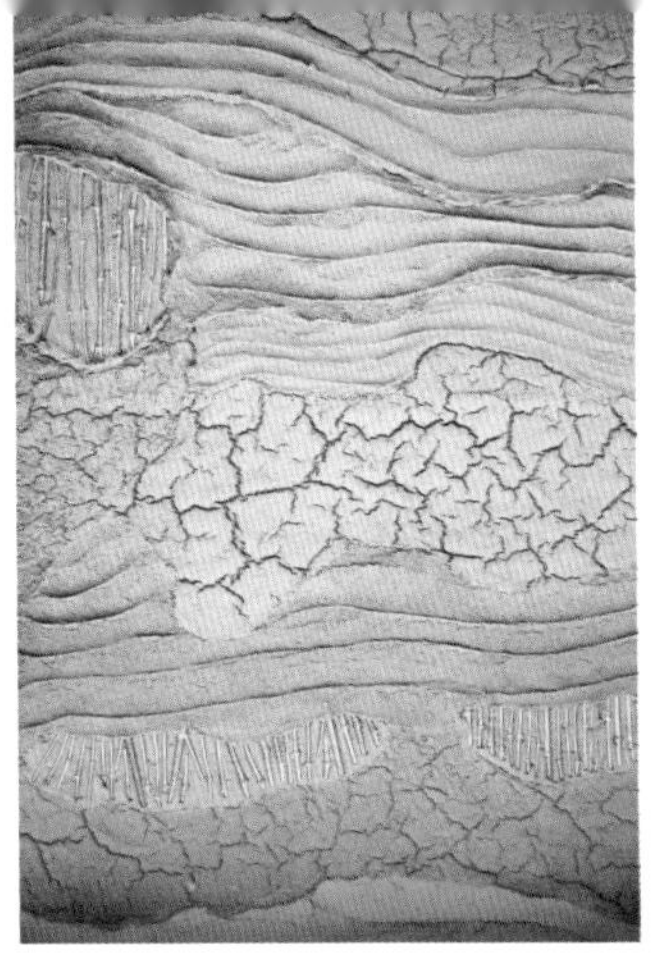

第1章 旅するように暮らす

元旦はハムエッグ！

「喪中だけれど、お父ちゃまはお正月が大好きだったから、例年どおりにゆくとしましょう」

と、母が云った。

「そのかわり、お正月飾りと鯛だけは休みましょう」

鯛を休むのは、毎年、焼いた大きな鯛をむしって取り分けるのが父の役目であったからだ。子どものころ、父に鯛のほっぺをむしって皿にちょんとのせてもらうのが正月のたのしみだった。鯛のほっぺ、ことしは食べられないとしても、来年からはわたしがむしってうやうやしく取り分けるとしよう。

こうしてほぼ例年どおりの正月！　という心づもりでいたところに、夫がすまなそうに云った。

「年末年始なしになります」

「なんじゃ、そりゃ」

と問うと、一月五日に、決してうしろにずらすことのできない映像の編集の締切があって、仕事をしなければならない。そのため、大掃除もできない、紅白歌合戦も観ていられない、「年の初めはさだまさし」にもつきあえない（テレビ）、初詣にも行けない、ごめん！　という返事。

そういうことなら……。

それなりにおもしろく過ごすしかない。

わたしは家の者たちに、発表す。

「ことしはお正月、旧暦でいたします。元旦はだからハムエッグとトーストです！」

家の者たちは、にこにこしている。

皆、元旦に食べるハムエッグにこころ掴まれているらしい。潔く発表したのはいいが、生まれてこのかた、元旦にハムエッグを食べようというのは初めてのことで、わたしはついつい正月気分というのに引っぱられる。気がつくと「どこのかまぼこを買おうかな」と呟いたり、「(雑煮の)みつばを忘れずに!」とカレンダーに書いてしまったりする。

ふと『るきさん』(高野文子/筑摩書房)を思いだした。

大晦日。るきさんが割烹着姿で窓ガラスをキュッキュッと拭いているところに、親友のえっちゃんがやってくる。

「あれえ? 暮れからどこどこかにスキーだって言ってなかった?」

「予約とれなかった」

「えっ……」

「よし、ことしはお正月はしないことにしよう。おせちもおもちも食べない。着物も着ないしお正月番組も見ないぞ」

えっちゃんは宣言する。

そうして大晦日の夕方、「るきが紅白つけないよう見張りにきた。今夜は泊まる」と云ってるきさんの家にやってくる。えっちゃんは、るきさんを道づれにしようというのだ。

「安心おし、明日の朝はミスタードーナッツよ」

『るきさん』を開くたび、いつも、こんな正月をいつか過ごしてみたいと思っていた。うふふ。それがかなう。

(紅白歌合戦は、観ましたよ)。

(2015年1月1日)

ジルベールとセリア

ひと眠りして時計を見ると「2・22」(午前二時二十二分)。

いいね、いいね、わたしを励ますゾロ目である。こうなったら、と蒲団(ふとん)を抜けだして、階下へ。歯磨きと洗顔をする。これで〈本日〉の幕開けだ。

何を書くか。それがはっきりしていると早いのだが、はっきりしないまま、坐っているのも、じつは愉(たの)しい。午前三時ともなればなおさらで、静けさのなか、ミルクティーをすすりながら、至福に近い境地に運ばれている。

と、そこへちっちゃな黒い影があらわれた。

蜘蛛。きゃっと叫んだりはしない。この家に住んでいる馴染みの蜘蛛で、名前も持っている。


「ねえ、お母ぴー、見て。きょうはジルベール、机の上で仕事してる」

「あ、ほんとだ。こちら、ジルベール？　じゃ、さっき台所で遇ったのはセリアかしら。蜘蛛としたら、ふたりのあいだの距離は相当にあるね。二万歩どころじゃないかもしれない」

「でも、このひとたちはぴょんと跳ぶからね」

「そうか、そうだった。アナタの家にも蜘蛛はいるの？」

「もちろん、います」


これは昨日、この家に仕事をしにやってきた長女梓との会話だ。昨年末に独立して、フリーランスで仕事をするようになった梓は、ここへやってきて仕事をするので、机を半分こして使っている。細長い机の領地が半分になってからというもの、机上が整頓されるようになった。これは、共有者への配慮というちょっとした緊張が生まれたためだと思われる。

その梓が蜘蛛をジルベールと呼んでいる。

そこでわたしも、台所で見かけたのをセリアと咄嗟に名づけてみたわけだった。家蜘蛛は巣を張らず、家のなかをちょろちょろ探索している。一センチにも満たない小ささながら、虫を食べる。これはひとから見てのはなしだが、ハエやらアレ（想像してください）やらを食べてくれるのだ。

こんな時間にまた机の上にやってきて、ジルベールは何をしているのだろう。パソコンのキーボードの上で動く指に反応して、ぴょんと跳んだ。キーボードに乗り、遊んでいる。

「おはよう、ジルベール。早起きじゃない？」

「……」

「あのさ、いま、アナタのことを書いてるの。アナタとセリアのことを。書いてもかまわない？」

「カマワナイケド、カッコヨクカイテオクレネ」

二杯目の紅茶を淹れて戻ってくると、ジルベールはいなくなっており、わたしはまた、ひとりきりになった。

（2016年5月10日）

あなたたちとわたし

時計を見ようと壁に目をやると、黒い影がふたつ動いた。

午後八時。わたしは机に向かっていたのだが、同じ部屋のなかに誰かいるなどとは思いもしなかった。影の主たちから、この机は死角になっているらしく、わたしには気づいていない。

じっとして、息をひそめる。

ふたつの影、お互いに急接近。

一方の影が、もう一方の影に近づいてゆく。わたしは存在を消す決心をして、影たちのいる部屋の中央部と書斎とを隔てる本棚の前にしゃがんで隠れる。ここからいなくなりたかったが、影たちに気づかれずにそれはできそうになかった。様子を窺わないように気をつけながら、結果として窺っているという感じだ。影たちとわたしとは、おそらく親しい仲間同士だが、親しき仲にも礼儀ありで、何もかも知っていいというわけではない。おお、困った。

そのまま三十分ほども過ぎたろうか。

一瞬、まどろんだのかもしれない。はっとして壁を見ると、影たちは消えていた。この間にこちらの存在をあらわしてしまおう。

コホン、と咳払いをして本棚のもとから立ち上がり、部屋を横切って、台所へと向かう。部屋にはわたしのほかに、もう誰もいなかった。

黒い影の主は、お察しのように家蜘蛛のジルベールとセリアだ。

このふたり（あえてふたりと、云いたいと思うのです）が近く寄り添う姿をついぞ見たことがなかった。

だからわたしは、この夜の急接近を目撃させられたことに心底驚いている。

じつはこの夏、ジルベールとセリアのあいだに子どもが生まれたらしかった。からだの透き通ったちっちゃな家蜘蛛の赤ん坊がわたしの前にちょろちょろ出てきて、それと知ったのだった。

家蜘蛛である彼らと、ヒトであるわたしとのあいだが近くなっている。

机に向かっているときも、しばしばジルベールがやってきて、跳ねてみせるのである。こんなに跳ぶのかと思うほど高く跳んで、ふふんと得意そうな様子で去ってゆく。そういえば、数日前にはセリアもわたしが台所で立ち働くところへ通りかかったものだから、声をかけたばかりだ。

「そんなところにいたら、水に流されちゃう。気をつけて」

彼らはわたしに気を許している。

わたしも許している。

地球にはさまざまな生物が存在する。そして、その生物はすべて、ひとつの祖先にたどり着くのだそうだ。これを聞かされたとき、わたしは、ジルベールとセリアを思った。ひとつ屋根の下に住む彼らが家人であるのは確かだが、それだけではなかった！　ひとつ祖先から生じ、あのひとたちは蜘蛛になり、わたしはヒトになったのだ。

この世はいつのまにか、ヒトの都合にばかり支配されているようだけれども、そんな恐ろしい〈単純化〉〈単一化〉は、いつか地球上の生物を絶滅させてしまうのではないか。

いろいろの生物。いろいろのヒト。

あらゆる多様性を認めて守らないと……。ジルベールたちはわたしの前を通過しながら、跳ねながら、伝える。

「マ、ナカヨクヤロウヤ」

（２０１６年10月４日）

眠りの森

気がつくと、仕事場の客用二段寝台の布団カヴァの上にまるくなって寝ていた。寝台の上に資料をならべて見ていたおぼえがあるが、そこからどうして横たわり、まるまったのかはおぼえていない。

資料は無事か？

あわてて からだの下を手でさぐるが、紙のようなものはなく、机のほうを見ると、あった。資料が重なっている。ああ、無意識のうちに資料は重ねて、机上に置いたんだな。

机から目を上げると、時計の針が「3」を指していた。正午過ぎから三時間あまりもそうしていたことになる。あー。

日曜日のことで、家にはわたしひとり。こんなふうに気づかぬうちに眠ってしまうくらいなら……他にしたいことはたくさんあったのだ。友人たちへの手紙書き。庭の草とり。マーマレードづくり。書評を頼まれている本も読んでしまいたかった。

実現させたかった事ごとはともかく、その事ごとのどれでもない実現に目を向けてみたくなったのだ。つまり、このたびなら、実現させたかったのにできなかったのが手紙書き、実現したかったわけではないのにできたのが昼寝だ。これまでは前者の「手紙書き」にばかり目を向けていたものだから、それが実現しなかったことを恨めしく思うばかりだった。が、一方で「昼寝」は実現しているのである。

「昼寝できたなあ」

そうつぶやいてみる。からだが軽くなり、目がぱっちり開いているのに気づく。
夜の睡眠はお定まりだが、昼間の睡眠は甘美である。
夜のは闇の世界だが、昼間のは眠りの森だー。
日曜日の夕方、わたしは単純にも何事かを成し遂げたひとのようになっている。

（2017年5月16日）

ブランコ

このところ、ブランコ気分でいる。

風をきって、風をきって。

ブランコがたてる軋み（きし）が不思議に心地よい。

ゆれに合わせて、からだを逸らせてわたしは……。

なぜそうなったかは、ほら、あれである。

静岡県三島市の居場所空間（と、呼びたいとわたしは思っている）「大社の杜（もり）」で四月二十二日、ちっちゃなちっちゃなトークイベントをすることになったときのことだ。「トークイベントに名前が必要ですよね」というチーフコーディネーターの大塚徹さんからのメールに対し、すぐに「ブランコトーク」と返信した。行き当たりばったりにもほどがあるかもしれないけれども、わたしは最近、そういうテンポに思いを寄せている。

それが許されるなら（しかたなくそうなる場合もある）、そんなゆるさのなかで起こる事ごとを噛みしめたい、という気持ちだ。

トークイベントがはじまるなり、「ブランコトークの『ブランコ』って何？」とトーク仲間であるトミーさん（富永浩通／放浪書房ほか）と、大塚徹さんにつっこまれた。

自分の口から、するするっと出てきたのは「あの世とこの世」のはなしだった。「あの世とこの世のあいだを行き来する感覚。それをブランコと名づけてみようかなという思いもあったの」

「……」（大塚徹さん／以下大塚）

「……」（トミーさん／以下ト）

「昨年母が旅立って、この世にはわたしの両親は存在しないということになりました。でもいまも、父とも母とも関係はつづいていて。たとえば父とは読書を通じて、母とは家のしごとを通じて、ね。それでそれは日々ブランコに乗ってあの世にいる父、あの世にいる母とのあいだを行き来している感覚なんです」

「あの世とこの世のあいだをブランコで」（大塚）

「それ、おもしろいね。そこからの、ブランコトーク？」（ト）

「まあ、ね。はじめにブランコということばありきで、いま、思いだしたというところかな。でも、その感覚はつねに持ってます」

「あの世とこの世のあいだをブランコに乗ってゆれている？」（ト）

「両親ばかりでなく、愛して止まない先輩たち、若き日に別れた友人、生前めもじはかなわなかった尊敬する人びとに挨拶するコーナーがうちにはあってね。いい、そちらに行く日まで、こちらで一所けん命暮らしますって、毎朝線香を立てて挨拶しているんです」

「あの世に行くのがたのしみ、みたいに聞こえる」（大塚）
「ああ、わかってもらえてうれしい。そういう面がとてもあるの」
あの日からブランコ気分がつづいている。

（2018年5月1日）

いまが最上

昨年大みそか。買いものに出たときのことだ。

「おお寒」

着ていたニットのブルゾンのポケットに手をつっこんだ。

すると……、紙の感触がある。何だろう。

おそるおそるその感触を引きだしてみる。

たしかに紙。名刺の三分の一くらいの大きさに畳まれており、「社大像宗」の赤い文字がある。ああそうか、右から読むのね、「宗像大社（むなかたたいしゃ）」。

それは宗像大社の「御神籤(おみくじ)」であった。

運勢大吉。

記憶の波をかき分けかき分け、このおみくじと自分がどこで出合ったのだったかを思いめぐらしている。

宗像大社と云えば、九州は福岡県にある由緒ある神社である。……そのくらいは知っている。が、お詣りしたこともなければ、通りかかったこともなく、思いだそうにも、おみくじをポケットに入れた憶えはない。

頭を振ってみたり、傾けてみたり、額を指ではじいてみるうち、このニットブルゾンを買った日のことがよみがえった。

あれは暮れも押し詰まった吉祥寺。

友人とふたりで、井の頭公園に向かう通りを歩いていた。古着店の前を通り過ぎようとして、誘惑に負けたのだ。その店でわたしはこのブルゾンを買った。

MACPHEE（トゥモローランド）六千五百円也。ジップアップのリバーシブルで、色は表も裏もグレーだが、風合いが異なっている。一目惚れして求めて、つぎの日から着ている。

それでもポケットのなかのおみくじには、三日間ほど気がつかないでいた。おみくじに気がついて広げたときにも、そしてそれが「大吉」であったことにもときめいたが、何よりどんなふうな旅の末に、わたしのもとに、やってきてくれたかを思うと、不思議を通り越して責任のようなものを感じる。隅から隅までおみくじの文字を目で追って、ひとつのことばに釘付けになった。

「いまが最上」

二〇一九年、どんなことが起こるかわからないが、この気持ちでゆこう。

いまが最上、いまこのとき、与えられたことが最上、と。

（2019年1月1日）

〈その後〉の〈その後〉の……

香港に来るのは、三度目だ。

過去二度の旅は二十四年以上前のことで、当時の香港はイギリスの租借地（そしゃくち）であった。

アヘン戦争後の一八四二年、香港島はイギリスに割譲（かつじょう）される（事実上の植民地）。一八六〇年に九龍（カオルーン）半島の一部が租借され、一八九八年には九龍の残りと、新界、諸島がイギリスの租借地となった。租借期間は九十九年。一九九七年に香港は、イギリスから中国に返還された。

今回は、夫の映画（「三里塚のイカロス」）が招かれた「国際現代ドキュメンタリー・プログラム」（INTERNATIONAL CONTEMPORARY DOCUMENTARY PROGRAMME）という映画祭に出かけてきている。それで返還後の香港を歩いてみたかった。夫にくっついてきたのである。

これを書いているいまは旅の三日目で、途中にはホテルの部屋でひとり、持ってきた仕事をする羽目に陥ったりしたが、それでも二〇一九年現在の香港を肌で感じることができるのは、現地のひとたちと会って話す機会を持ったからだった。

国際現代ドキュメンタリー・プログラムのことしのテーマ。

それはAFTERMATH。

「AFTERMATHってのは何？」

「その後、だよ」

と夫は云い、そのことばを受けとった瞬間、「AFTERMATH・その後」ということばがわたしの胸のなかに棲みついた。

香港の「その後」はイギリスから返還された〈その後〉であり、二〇一四年に若者たちを中心に起こった「雨傘運動」の〈その後〉である。前者はもちろんのこと、「雨傘運動」は、普通選挙を約束していたのに中央政府にとって都合のよい制度になることに対する抗議デモであり、それがどれほど香港にとって、大きなことであったか。

日本だって同じだ。

近くは明治維新の〈その後〉。それから第二次世界大戦の〈その後〉。東日本大震災の〈その後〉。阪神・淡路大地震をはじめ、各地が経験した自然災害の〈その後〉。

このたび香港の「国際現代ドキュメンタリー・プログラム」に招待されている夫の映画「三里塚のイカロス」は、一九六六年から七〇年代に起こった「成田空港反対闘争」の〈その後〉を描いている。

ひとも、それぞれ、いくつかの〈その後〉を生きているはずだ。

〈その後〉。

それは過去のはなしではなく、むしろ〈未来〉を指すことばだ。過去を検証して（反省もして）、〈その後〉をどう見つめ、どう生きるかが〈未来〉を決定する。

二日目、ホテルで仕事をしていたところを、映画祭の主催団体のリーダーであるCheung Tit leungさん（以下ティット）がわたしのことも、映画祭の会場となる中環（セントラル）の「大館（Tai Kwun）へと誘いだしてくれた。的士（タクシー）で中環に向かい、立派なレンガの建物の前で下車すると、そこには「警察服務中心　POLICE SERVICES CENTRE」とある。「大館って警察か？」と、どきどきする。

「警察で、映画祭？」

ティットによると、一年前、ここ旧警察本部の跡地（敷地のなかには中央警察署、中央裁判所、監獄がある）が、香港の芸術、文化を発信するランドマークに生まれ変わった。大きな映像施設と、野外ライブスペースも有するとのこと。

「ダイシマさん（夫）の映画はここで上映します」

とティットがおしえてくれる。

大館のなかに残る「ビクトリア監獄」を見学。残るとはいっても、再現され、映像を組みこんで、有罪判決ののち投獄され、懲罰を受け、労働する囚人の様子を見ることができるようになっている。


この施設のなかの、モダンな中華レストランで昼食をとりながら、ティットが「アクチュアル・イメージ」という発音をした。

「実際の、とか現実のって……いう意味のアクチュアル？　アクチュアル・イメージってドキュメンタリー映画のことを云ってるのかな」

と隣にいた夫にこっそり確かめる。

「うん。そうだけど、アクチュアルにはドキュメンタリーよりもつよい意味が含まれているとも、いえるかな。ティットの考えるそれは、社会に働きかけるっていう意味を持っていると思う」

「ＡＦＴＥＲＭＡＴＨ・その後」につづいて、
「ＡＣＴＵＡＬ・社会に働きかける」だ。

〈その後〉×〈働きかける〉＝〈未来〉

これから荷物をまとめて日本に帰ります。

（２０１９年５月28日）

旅するように暮らす

二〇二三年・いま

旅というと、荷物のことがまず思い浮かびます。

なるべく少ない荷で出かけたいというのが、わたしの旅の感覚。必要なものがなくて困ったら、それをなんとかするのが旅のおもしろみだと考えています。

さて、旅先で困ったとしましょう。

持ちもののなかに代用品を探す。

旅先の居場所のなかで、使えそうなモノを探す。

そこにいる誰かに借りる。

だいたいこんなことで解決はつきます。

「買うことはしないのか」ですって？

すぐに「買う」は考えませんが、買うこともあります。

ただしそれがその場限りの「間に合わせ」でなく、いつまでも使えそうな、その上旅の記憶をたどれるようなモノである、という条件付きです。

伊豆大島で求めた鍔広（つばひろ）の麦わら帽子。香港で見つけたワンピース。鎌倉で足元を救ってくれた布草履。大分県で探し当てたサングラス。

これらは、旅先で困って買い求めた品々ですが、いまもわたしの手元にあって働いてくれています。

わたしが常日頃、抱（いだ）いている「旅するように暮らしたい」という希（ねが）いのなかにも、荷物のことは大きな位置を占めています。

持ちものをふやさないように気をつけよう、道具も必要最小限でゆこう、工夫してひとつモノを「あれ」にも「これ」にも使おうというような思い方です。

いつかわたしがこの世での旅を終えて、あの世に帰るとき、あとに必要最小限のモノたちが残されている、というのがいいなあと夢見ています。さらには、それらがみな何とはなしに物語をまとい、うつくしいモノであるといいなあ、と。

「旅するように暮らす」の章に登場するのは、お正月のハムエッグ、家蜘蛛のジルベールとセリア、昼寝、ブランコ、御神籤(おみくじ)……。

それらのどこが「旅」なのでしょうか。

でもね、わたしには旅なのです。

毎日毎日が、旅なのです。

家にいるのが大好きなのは、家にいてさえ旅だからです。昨日のわたしと、きょうのわたしとはちがうわたし。昨日のわたしがつくるおみおつけと、きょうのわたしがつくるおみおつけは、ちがいます。昨日のわたしが書くものと、きょうのわたしが書くもののも、ちがいます。

同じものに触れるときだってそうです。

いまわたしの傍らには『ノンちゃん雲に乗る』（石井桃子・著／中川宗弥・画）が置いてあります。久しぶりに通して読んだのです。そうしたらまた読みたくなって、頭から読んでいます。するとね、昨日読んだ『ノンちゃん雲に乗る』ときょう読んでいる『ノンちゃん雲に乗る』は、どうもちがって読めるのです。わたしが寝ているあいだに、雲の上のひとがおじいさんからおばあさんに変わっていたなんてことはない……あたりまえのことですけどね、物語は同じです。読まれることばは同じでも、受けとめ方、感じ方が変わっています。

このように、刻々と変化する日常を生きることが、わたしには旅なのです。

そうそう、この章に、ひとつだけ香港への旅のはなしがありますね。〈その後〉の〈その後〉の……です。

これを読み返して、このときの香港からさらに香港が〈その後〉を生きているということを突きつけられました。

イギリスから返還された香港の〈その後〉、若者を中心に「雨傘運動」が起こった香港の〈その後〉については書きました。

そうしていまは、中国の共産党政府の管理下に置かれた香港の〈その後〉がひろがっているというわけです。

香港ばかりではありません。

あらゆるものが〈その後〉を生きつづけています。〈その後〉の〈その後〉の〈その後〉の〈その後〉……、これが歴史です。

うつろう時間のなかをてくてくてくてくゆく旅人。

そうであるなら、そのうつろいを受けとめ、社会に対する働きかけを忘れず、

その上でよいところを見つけることのできる旅人でありたいな、とわたしは思うのです。

おみおつけを
上手につくりたい。
上手というのは、
ちがうかもしれない。
心身に滲み透るやさしい
おみおつけをつくれるひとに、
わたしはなりたい。
それがかなったら、
台所のことはひとまず
「満足」ということとする。

26日
不燃

蔵 おわん

第２章　食べる

置かれる

「ふんちゃん、生姜穫れたよ。明日着で送っていいかしら」

と、はは（夫の母）から電話がかかる。

（夫の実家は埼玉県熊谷市で農業を営んでいる。出荷するのは米だけだが、野菜もつくっている。生姜のあと、冬の野菜の収穫がはじまる）

「お母さん、どのくらい？　いっぱい？」

ははは云う。

「え。まあ、ほどほど」

「ほどほど」を待っていると、つぎの日の朝、生姜は届いた。熊谷のお母ちゃんの「ほどほど」が、わたしの思う「ほどほど」とスケールのちがうものであることは、知っていたつもりだったが、いや驚いた。みかん箱のなかに生姜がぎっしり詰まっている。

届いた生姜に、わたしはなかなか手が出せなかった。

ほかにすることがあったのも確かだけれども、何となく生姜に避けられているような気がしたから不思議だ。

わたしはこれまで、みずから目標を設定してがんばるというより、**目の前に「置かれた」ものを受けとり受けとり生きてきた。**ときに、いま、こんなものが置かれようとは……ととまどいながらも、ともかく。

置かれたもののなかにはあたらしい仕事あり、宿題あり、心配事あり、解決しなければならない問題あり、このたびのように、生姜の山といったようなものもあった。置かれたものと向き合い、取り組むうち、そこにいつしか目標が生まれ、夢が灯るのだった。

ときどき、このたびのように、ひとたび置かれても、それを避けるような、避けられているような感覚を持つことがある。よっしゃ！　と腰を上げるだけの気力が不足しているのだろう。

こうしてもいられないと思って、夫に「生姜を洗うのを手伝って」と頼んでみた。「よしきた」と夫が云ってくれたので救われた。そうでなかったら、また生姜から遠のいてしまったことだろう。

まず、目の前の生姜の重さを計る。体重計を使って。

五キロあった。これを洗って、しなびたり傷んだ皮を落とすのを夫が担当し、わたしが薄く刻んだ。向き合ってみれば、作業はどんどん進み、めでたしめでたし。いつもの甘酢漬けのみならず、生姜を三度茹でこぼし、砂糖、みりん、しょうゆで煮て、佃煮もつくってみた。

その日、ほっとしたのと、つぎは何が置かれるのだろうと思いながら寝たせいか、おかしな夢を見た。机の上に欠けた茶碗がずらりと七つ八つ並んでいたのである。はて、何の暗示だろうか。

（2015年10月27日）

黒豆

二〇一九年は、のんびりはじまった。

元旦から日に数時間ずつ仕事をしていたし、いつになく勤勉に年賀状のお返事も書いた。それでも、「のんびり」の四文字を胸のなかに置いて歩きはじめたからだろうか、急(せ)くこともなく、坦々と一週間が過ぎていった。

例年とちがったのは、夫が年末年始不在だったこと。

夫は現在、埼玉県熊谷市の実家で、ちちとははの介護をしながら日々のことをし、仕事をし、農業をしている。ことに昨年の十二月初旬からひと月のあいだ、リハビリテーションの施設で過ごしてきたははを自宅に迎えて暮らしている。

「いのちをまるごと受けとめている感じ」

だそうだ。

たすきをかけて熊谷の家に乗りこみ、手伝うことは考えなかった。乗りこんだとしたら、いっときいっとき状況に合わせてつくりあげているペースを崩すことになる。それに……、このひと月は両親と息子の蜜月を邪魔しないでおきたかった。

明けた一月二日に、こちらから娘三人とともに、熊谷に出かけたときも、わたしは「のんびり」を携えていた。家に到着するなりははとおしゃべりをし、ちちのはなしに耳を傾けた。

しっかりとして見えるが、ときどき記憶が怪しくなるちちに向かって、娘たちは、鸚鵡(おうむ)返しをしている。

「このごろ、会社勤めをしていたときのこと、ことに台湾に単身赴任していた七年間のことを思いだすんよ」

とちちが語れば、

「台湾に単身赴任していた七年間ね。七年とは長かったね」

と応えるのだ。

ひとつひとつ確かめながら会話がすすんでゆくのを見て、ここにも「のんびり」が置かれているな、と感心する。


お昼。

炬燵（この冬、古い炬燵から、ははが車椅子で入れるテーブル式に換えた）を囲んで、お餅やら、こまこまとしたおかずやらを食べる。

「そうだ、ぼく、黒豆を煮たんだ。食べてみてよ」

と夫。

ちちとふたりで育てた黒豆を暮れに収穫し、煮てみたのだという。

「本を見ながら煮てみたんだ。黒の発色をよくするために、古釘を入れて煮るとあったけど、それをしなかったから、色はいまいち」

食べてみたら、わたしがこれまで食べたどの黒豆の甘煮よりも美味しかった。

ああ、ひとは変わるんだ。

おはるちゃん（わかれわかれに暮らすようになってから、ときどきお互いをおはるちゃん、おふみちゃんと呼ぶ。……なんとなく）が黒豆を煮るなんて。それもこんなに美味しくね。

「おふみちゃん、これはよく煮えたから、半分持っていってよ。たくさん煮たからさ」

まるで、女友だちからのおすそ分けみたいだ。

ああ、ひとは変わるんだ。

（２０１９年１月８日）

あちちの小瓶

十二月、一月、二月のあいだに、わたしはときどき、呟いた。

「もしかしたら、せっかちさん？」

この冬に向かって告げたのだ。

早足でやってきて、西高東低の気圧配置をつくりながらも、関心はすぐと別の何かに移ってゆくらしく、寒さは長くつづかない。せっかちで、ちょっと移り気。

「ことしは助かる。寒いのは通勤のあいだだけ」

と、うちでいちばん寒がりの二女梢が云う。

仕事先のある隣町にこのひとは、自転車で出かける。冬になると、厚着して、首にあれこれ巻きつけ、耳あてのついた帽子をかぶって出かけてゆくが、この冬はずいぶんと軽装だ。

ある日のこと。

台所と食堂のあいだのカウンターの上に、不思議なものが置いてあるのに、気がついた。どうやらジャムの空き瓶だが、琥珀（こはく）色の液体が入っている。何だろう。触れてみると……、「あちち！」。

見れば、瓶のなかには紅茶のティーバッグがひとつ入っている。

「紅茶とクローブ一本。それからシナモンパウダーをひと振り」

コートを着こんだ梢はそう云うと、あちち！の瓶をポケットに入れた。

「カイロの代わり。自転車に乗って、信号で止まるたび、ポケットに手を入れるとあったかーいの。仕事場に着いて蓋をとって、ほどよくぬるくなっているところを飲んでから仕事にかかるんだ」

ある日のこと。

あちちの小瓶が瓶のまま、食器棚のコップの隣りに置いてあるのに、気がついた。そう云えば持ち主は休業日（寝坊して起きてこない）。瓶に紅茶のティーバッグを入れ、クローブも一本入れ、熱湯を注ぐ。お、忘れてた。シナモンパウダーをひと振り、と。

蓋をして、パーカーのポケットにすとんと入れ……。

この日、わたしは一日家で仕事だが、机の前で、ポケットに手を突っこみ、「あちち！」とやってみる。

それきりあちちの瓶のことは忘れたが、電話に呼ばれて立ち上がった瞬間、ポケットのなかの気配で、思いだした。とぷんと液体の動く感覚。蓋をとって、口をつける。ああこれが、あのひとの云っていた「ほどよいぬるさ」なのだな。

ちょっぴりこころも踊る、あちちの瓶のものがたり。

（2019年2月26日）

赤えんどう豆

このところ、「豆かん」を好んで食べている。

寒天、赤えんどう豆、みつ（黒蜜白蜜それぞれのよさがある）の三点が合わさった素朴な甘味だ。

「豆かん」といえば、庄野潤三（しょうのじゅんぞう）だ。

『貝がらと海の音』にはじまる庄野潤三の晩年シリーズのなかに、「豆かん」がところどころに登場する。このシリーズは、子どもがみな結婚し、「山の上」の家にふたりになった夫婦の日常を綴る連作。

銀座の博品館劇場へ剣幸（つるぎみゆき）さんのミュージカル「魅惑の宵」を見に行ったあと、阪田寛夫と三人で立田野へ寄って、豆かんを食べた。

（『貝がらと海の音』より）

それから立田野へ。二階でシニヤー組とヤング組と二つに分れて席に着き、それぞれ好きなものを取って食べる。こちらはいつもの「まめかん」。あつ子ちゃんは「ところ天アラカルト」にしたらしい。フーちゃんは「いなか汁粉」。

（『山田さんの鈴虫』より）

じつはわたしの母も、「豆かん」、「みつまめ」、「あんみつ」をこよなく愛するひとりであった。母はとくに「あんみつ」贔屓（びいき）だったが、「あんみつ」の立役者でもある赤えんどう豆の塩茹でにこだわっていた。

「豆が好きなの、この豆が」

子どものころ、デパートへの買いものについてゆくと、甘味処「立田野」で釜飯を食べさせてくれ、帰りに「あんみつ」を買うのがならいだった。そのころは、豆はいらないんじゃないか、というくらいに思っていた。

が、母の「豆が好きなの、この豆が」という呟きは大きかった。これが道標となり、わたしをゆっくり、赤えんどう豆の世界に導いたと云ってもいい。

豆かんセットの寒天、赤えんどう豆を器によそってみつをかけ、食べかけてしまいながら、はっと気づいて、母の写真の前に置き、「食べかけちゃったんですけどね、どうぞ」と供えたりする。

「ふみこ！　あなたはまったく」

と、たしなめられる。

（2019年5月7日）

食べる

二〇二三年・いま

食べることばかり、わたしは考えているような気がします。

もっと云えば「食べさせる」ことばかり。

自分ひとりならどうとでもなるけれど、自分のほかにひとがひとりでもいたら、さて何を食べてもらおう、という考えが発動します。

編集者、記者、写真家、もちろん友人も、家にやってきてくれる人びとを思うときも、まずは「食べる」でわたしはいっぱいになります。「仕事をする」「会って話す」が本筋であるとすると、わたしはいつも、そこから少しずれているのかもしれません。

昼食としてよくこしらえるのは、こんなものたち。目をつぶっていてもつくれる、定番ランチです。

●サンドウィッチ
（鶏ささみとセロリのマヨネーズ和え／わさび漬けとシソの葉とハム／ニンニクを効かせた塩味の卵焼き）
●ドライカレー
●かんたんパエリア
（シーフードミックスを使って、あり合わせの野菜とともに炊き、仕上げにチーズをとろりと）
●そばのくぐらせ鍋
（みつばや青菜類どっさり、えのき、ちょっとたんぱく質を加える／温かいつゆに茹でためんをくぐらせながら食べる）

●くず豆腐の丼

（電子レンジでつくれる、きのことねぎがたっぷりのった丼）

●野菜たっぷりのスープ

うちに来てくださる誰もが「昼食のことは気にしないでください」と云ってくださいますが、そうはゆきません。

一緒に食べる、またいつめぐってくるかわからないせっかくの機会ですもの。

子どもとともに暮らしていた時代も、同じです。「食べさせる」ことばかり考えていました。わたしの子育ては、すなわち「食べる」であったのです。

ほかにたいしたことができないからでもあります。

余計なことをしたり、口出しをするかわりにごはんをこしらえ、弁当をつくりました。「いっしょに食べる」、「食べてもらう」は、わたしにとってのもうひとつの会話、声かけだったのです。「がんばれ！」や「元気出して」を口で言うかわりに、ごはんに云ってもらってきました。すぐに云えなかった「ごめんなさい」を弁当に引き受けてもらって伝えたこともあります。

さていまはたいてい、夫とふたりの食卓です。玄米とおみおつけを柱として、素朴なものを食べています。さて何を食べてもらうか、と考えることもつづけていますが、夫に「つくる」を譲る日がふえました。つくってもらえば楽ですし、途切れなく仕事ができてありがたくもあります。でも、それだけではないのです。「食べる」に関われることの安らぎを、譲ろうと思うようになりました。仕事をしていると、どうしても途中でこんがらかります。まるで、出口の見えないトンネルのなかにひとりきりで立っているようなことも少なくはないのです。そんなとき立って、台所に向かいます。台所はトンネルの出口みたいな場所です。

ここで野菜を洗って刻んだり、ものの煮える様子を眺めたり、混ぜたり叩いたりするうちに、縮こまった神経がのびてきます。家で仕事をしている日、夫にもトンネルの出口に立たせたい、というわけです。

台所に立っていると、ひらめきが訪れることがあるそうですよ。

それからわたしにはひとつ宿題があります。

自分自身を「食べさせる」ことを学ぶという宿題。ひとりきりの食卓であっても自らを労わり、たのしませたりできることも「食」の大事な一面です。たまには甘やかしたりして、わたし自身の機嫌をとってやりたいと思っています。

第3章　泣きそうになる

連絡帖

父が逝ってひとり暮らしになった母のもとに出かけて行ったときのことだ。

母は八十五歳にして生涯初のひとり暮らしを経験しているのであり、気になって気になって、時間を見つけては自転車を飛ばして様子を見に行く。

「お母ちゃま、きょうはわたしが髪を洗ってあげる。さ、お風呂に入ろう」

母は困ったときの表情を浮かべる。

陽の高いうちから入浴する習慣はないし、なんとなくぼんやりしていたい時間帯である（あとからそう打ち明けた）。

「でもさ、せっかくわたしがいるのだし」

母を脱衣所に押してゆき、カーディガンに手をかける。なかなか風呂に入ろうとしない幼子の服を脱がせ、「早く早く」と浴室に押しこむように。

どんなに年とっても、どんなに痩せても、ゆっくりとしか歩けなくなっても、母は母なのだ。とつぜんそれに気がついて、カーディガンから手を離す。

「なんだか、はりきり過ぎちゃった。ごめんなさい」

「ありがとうね。お風呂には、今夜ひとりで入るからね。だいじょうぶよ」

母は、笑う。

母のもとに置いている「連絡帖」をひらくと、前日の日付のところにこう記されていた。弟のお嫁のしげちゃんである。

「きょうは掃除するつもりだったのに、ずっとお母ちゃまとおしゃべりして、何もしなかったです。ごめんなさい！　でも、久しぶりに笑顔で話すお母ちゃまを見てうれしかった……。掃除は木曜日に」

（2014年4月8日）

歩く

外に出ると思いのほか明るく、明るいが、どこかに何かを隠しているふうで、云うに云われぬ気配があった。

この気配のなか、きょうひと日のことを胸のなかで揺すりながら、さて、と思いかけたとき、

「歩いて帰ろうよ」

と、うしろから声がかかった。

この日は、実家に集まって母の誕生日会を開いた。ほかのみんなが車に乗って

帰ったあと、自転車で来た長女と、乗って来た車を見送ったわたしとで、しばらく母を囲んで昔語りをした。

初孫である長女は幼子にもどり、わたしもまたぐっと若がえったりして、愉快だった。

母は母で、ちらと時折父の写真を見たりしながら、昭和二十年代父に初めて会ったころまでもどってみる瞬間があったかもしれない。

ひと月前父とこの世の別れをしてからというもの、わたしは子として生き直している。いや、ほんとうはそんなはずではなかった。父を亡くして、わたしはやっと一人前になってゆかれるのではないかという気がしていたのだった。

ところが、ところが。

時折母のもとへ通って様子をうかがう日々のなか、噴出したのが子として足らなかった部分部分であったのだ。子として生き直す機会を与えてもらったのだと知った。

ただ、母を愛せばいい。

それを仕組んだのが父だとしたら、ふとひねくれてみたくもあるのだが、そんなことをしている遑はない。母との蜜月が、これから先何十年もつづくはずがないことを、わたしはわからないといけない。

誕生日会の一日、穏やかな時間が流れ、静かな笑い声があった。昼、寿司店で「八十六歳おめでとう！」と乾杯したときは可笑しかった。

その声に母は「しーっ！」と人差し指を口の前に立て、こう云ったのだ。

「あなたたち、大きな声で。こういうときには、十ばかり鯖をよんでくれてもいいのに」

長女とふたり、誕生日ケーキのお茶の折り使ったミントン「ハドンホール」の紅茶茶碗を気をつけて洗った。こういうモノたちも、母の友だちなのだ。

「歩いて帰ろうよ」

と門のところで云ったのは長女で、わたしもすぐと「うん、そうしよう」と応えた。

母に見送られて、わたしたちは小さな旅人になった。

黄昏のなかを歩きながら、そのうつくしさを思う長女とわたしである。それは、母が過ごしている人生の黄昏のことでもあり、誰のこころにもときどきかすめてゆくもののことでもある。

そして、空ができるだけ静かに夜の幕を引こうとするこのころは……、じつにうつくしい。

父のこと母のこと（長女にとっては祖父母である）を話しながら、仕事のはなしに耳傾けながら行く道は紛うかたなき旅の道。それでもとうとう分岐点に到着したときは、出発から一時間半近くが過ぎ、午後七時半になっていた。

そこから長女はここまで乗らずに引いていた自転車にまたがり三十分自分の家まで走り、わたしは十分徒で行く。

影となった自転車娘に手を上げて、「ばいばーい」と叫ぶ。

ちょっぴり泣いてしまおうかと思う。

泣いたって、ひとの顔も見分けられない時分である。そう思ったが、よした。

泣くのは、もう少しあとにしよう。

わたしを泣かそうとしたものは、子としてのわたし、子持ちのわたしという、今生の役どころ、学びどころであろう。それはまだつづくのだし。

（2014年4月15日）

通路

末娘栞十八歳の誕生日が翌日に迫っていた。

が、ほんとうは、忘れていたのだ。

「どうやって祝おうか、明日（あす）」

「まんなか」の梢が云うのを聞いて、どうやって、って、何を？ と思った、わたしときたら。しかし、口にはしなかった。黙っていて、時を稼いだ。

すると梢が「十八歳ともなれば、ほら、もう、選挙権もあるひとということだから」と云う。

ぎゃー、三女、十八歳かー。

同時に、自分の至らなさのようなものが、どっと押し寄せた。子の誕生日を忘れていた不徳も合わさって、その波の力はたいそう強いものとなった。

わたしは元来、子どもを、自分という「通路」を使ってこの世にやってきた存在だと考えている。通路になって、世に送りだしてしまったら、それなりのことを仕込んだり、わからせたりしてこんどは世のなかへと送るのだ。

十八歳になった末娘を、いったいわたしは仕込んだり、わからせたりしただろうか。

そう考えると、自分がまともな「通路」でなかったことが恥ずかしくてたまらないような気分になってくる。ざぶんとやられた。

それに、だ。

母の通路を経てきた自分がこれまで何を身につけ、何をわかってきたというのだろうか。ここから、すでに心もとない。その心もとなさを、母のせいにしたくても、母はいま、ひととしては八十七歳だが、こころは妖精のようになっており、

「わたしに何を身につけさせたく、わからせたかったか」などといきなりつめ寄ってみたところで、静かに微笑んで「そうねえ」と呟くだけだろう、きっと。そそも、母の通路を使ったのは五十六年も前のことなのだから、母に問いつめるのはお門違いだ。

誕生日の日がやってきた。

朝、うやうやしく末娘の栞に「十八歳のお誕生日だそうで、おめでとうございます」と挨拶する。

「こちらのほうはとんと至らず申しわけのないことだったけれども、健康で、頼もしいひととなってくださって、あの、ありがとうございます」

「いえいえ、よくしていただいてきました。ありがとうございます」

芝居がかったやりとりののち、わたしは、これでよし、と思う。

仕込み損なっているのは、煮もののつくり方だったり、衣更の方法だったり、昨日のつづきをきょう受けとめて、また明日につなげてゆく家のくりまわしについてだったり。まあ、そんなところだ。それなら、これから少しずつ伝えてやればいい。わたしはそんな気になっていたのである。

その夜は、夫も留守、二女も留守、三女も留守で、わたしひとりの食卓となった。前の晩に煮ておいたひじきと油揚げの煮ものをご飯に混ぜこんだのと、わかめのおみおつけと、ポテトサラダとぬか漬けのかぶ。これを祝い膳として、しみじみとほおばる。

「通路」の祝いのつもりなのである。

（2015年9月29日）

大切な日

三月十一日がめぐってくる。

あの衝撃も、その後の不安も、いろいろの変化も、忘れてはいない。が、張りつめていたものは、ずいぶんとゆるんだ。

ゆるみの正体は、ほとんど油断かもしれない。

二〇一一年当時、自分が書いたものを読み返すと、「目が覚めた」「生まれ変わった」とある。

いまは……、日々の連なりより大事なことはあるまい、というほどの考えを持つまでになっています。どうもそうらしいと気づきはじめたわたしの横っ面を、東日本大震災が叩(はた)いたのです。目が覚めました。

これからますます、身近なこと、日々の事ごとを記すことによろこびを抱くわたしになってゆくでしょう。その意味で、生まれ変わったと云っても過言ではありません。


『そなえることは、へらすこと。』（メディアファクトリー）まえがき

あらためてこれを読んで、びくっとした。

日々の連なりが何より大事だと訴えるわたし自身に、触発されている。

東日本大震災のあとしばらく、ろうそくの火のもとで料理をしたり食事をしたりしていたのだったなあ。闇のなかに灯る、小さな炎がみずからの内面を照らしてでもいるような、日々だったなあ。

胸のなかに、震災をわがこととして受けとめたいという希(ねが)いが生まれ、それが

支えになっていた。当時は不謹慎だろうと思って書けなかったのだけれど、この試練のなかに生まれる何かに期待したいとも考えていた。東日本大震災で何もかも失った人びとを思うとき、いまなお悲しみと苦しみのなかにある人びとを思うとき、何かを期待せずにはいられなかったのである。

しかし、大局的には期待は裏切られつづけた。

ことに、福島の原発事故の痛みを抱えるなか、原発を海外に売る、輸出するというはなしには絶望した。そんな恐ろしいことまでして経済的に豊かになるなんてこと、わたしたちは望んでいるのだろうか。決して望んではいない。けれど、それが現実なら、わたしが、わたしたち国民が望んだことになってしまう……。

個人個人の選択にはまだまだ、期待している。

便利な方向へ流されてなるものかと思っている。電気を使い過ぎていることを自覚して、不自由を耐える覚悟も……、できているつもりだ。

電気を節約して使えば、原発なしで暮らしてゆけるという方針や道筋が示されたなら、いいのだけれど。

三月十一日は大切な日。

大切、というのが不謹慎に聞こえないように希（ねが）いながら、やはりどうしてもこう書きたい。

大切な節目の日になったと、云えるだけの生き方がしたいからだ。

（2016年3月8日）

あけびの籠を提げながら

四十年近く使っているあけびの籠(かご)の、持ち手が怪しくなった。籠の持ち手は、三本のつるが掴むようにして本体とつなげ、支えている。つかみは四箇所あるから、一本二本の緩(ゆる)みは持ち運びに響かないけれど、このたび、つるの一本が切れてしまった。

この籠は、その昔、やえばあ（元夫の母である）が銀座の「諸國民藝たくみ」で買ってくれた宝物だ。三年前、持ち手の支えのつるが緩みはじめ、よしと思って修繕を、とたのんだときには、「まだだいじょうぶ。切れたら、そのときお持ちください」と云ってもどされた。

とうとうそのときがきた。

修理をたのんだのは、五月の半ば。ひと月待たずに「修理が済みました」と連絡をもらったが、なかなか受けとりに行けなかった。やっと七月のはじめに出かけることができたのだ。

「ずいぶん前のもので、かたちもいまはないものです。この、側面の仕上げの綿密なのには、みんなで感心しました。いや、なつかしいものを見せていただきました」

聞けば、かつてこの籠をつくった青森県の工房はすでになく、べつの工房で修理したところ、あけびのつるの色合いがちがってしまった、とのこと。

「いえいえ、とんでもないことです。なおしていただいて、どんなにうれしかったか知れません」

そう云ってわたしは、修理代金七千五百円を支払った。費用が二万円のうちでおさまるといいけれど……と考えていたので、これもまた、ありがたいことであった。

銀座からの帰り道、あけびの籠を提げながら、この籠とともに歩いた四十年近い歳月を思っている。

やえばあへの感謝の気持ちが、あらためて湧く。

最初の夫とは別々の道を歩くことになったが、尊敬する友となり、やえばあ（もちろん中父さんも）の近況も知ることができる。元の夫の家族も、それぞれ個性を重んじあって、思いやりをもって暮らしている。

これからますます、この籠を大切にしよう。

この籠をよすがに、これまで出会ってきたひとたちのことを思いながら、これから出会うひとたちを思いながら。

「ね、」

と手元の籠を見たら、籠が「アナタ、**これからも、損をしながら、わけのわからんこともひき受けながら、ゆきなさいな**」と云うのである。

なるほどそうか。

おそらくこれまで、幾度となく「また損をした」とか、「どうしてこれを、わたしがしないといけないんだろうか」とか、籠は聞くともなく、聞いてきたのだろう。

それは、愚痴である。

しかし、この年になると、これまでときどき損な巡り合わせを受けとめたことが、自分の人生を支えたような気がしてならない。世のなか的には損であっても、そこには等しく学習の機会があり、それに……。

それに、あとから決まって、おもしろいことが訪れる。

「あのときはご苦労さん」

と、労(ねぎら)われるかのように。

そんな事ごとをあけびの籠は、わたしといっしょに見て確かめていたのにちがいない。

ところでわたしは、一年じゅう、あけびの籠を持つことにしている。

冬、トレンチコートにあけびの籠を持っていると、決まって知らないひとから「冬も、あけびの籠、持っていいんですね。わたしも持つとしましょう」と、声をかけられる。

「ええ、そうですよ。冬のあけびもいいもんです」

（2019年7月30日）

佃煮

朝、炊きたてのご飯をお茶碗によそい、お椀にはおみおつけをよそって、食卓につく。おかずは玉木屋の佃煮である。

先ごろ母方の叔母から「玉木屋の佃煮、召し上がっていただきたく少々ですが◯◯デパートよりお送りいたしました。ご賞味下さいね」という送り状が届いて、二、三日、わくわくしながら荷を待った。

佃煮は、子どものころからの好物だ。好物というより、憧れの、と云ったほうがよいかもしれず、佃煮と聞いただけで、ご飯が二膳も三膳もゆけそうな心持ちになる。そういう心持ちを招（よ）んでしまうところが、佃煮のすごいところだ。

送り状に、叔母は母方の祖父母の手紙を同封してくれたのだった。わたしが川崎のおじいちゃん、おばあちゃんと呼んでいる大好きなふたりだ。この世から旅立って久しいが、ふとしたときに、「おじいちゃん」と呼びかけ、「おばあちゃん」のしごとを追いかけるようなことが、いまもつづいている。

手紙の消印を見ると、一九七八年十二月五日、神奈川県の鶴見で投函されたことがわかる。祖父は手紙に「玉木屋の佃煮」のことを書いている。

〈祖父の手紙〉

（前略）例年の通りお歳暮をいただく季節となりましたが、私からは鎌倉彫りの茶たく（五枚一組）を贈呈したいと思い、目下うるし塗りの最中です。うるしをよく乾燥させて仕上げるために、なお若干の日数が必要です。従っておいで下さる日は十五日以降にして下さい。

毎年いただく品物のうち、玉木屋の佃煮は折り詰めではなくバラ売りのをお願いします。希望品種はワカサギ、カツオ角煮、ハゼ甘露煮……（各三〇〇グラムづつ）。勝手なお願いをお許し下さい。

〈祖母の手紙〉

お寺からの落葉が舞い　掃いてもはいてもたまって溝に入り込み　毎朝おじいちゃん　掃除するのにたいへん　皆さんお元気の事と存じます　お蔭様でこちらも元気です　十月の老人検診でも二人共異状なしでした　今年は私の生れ年（ウマ年）でした　ふりかえってみて　ほんとうによい年でした　お寒くなってきて毎晩のお風呂が楽しみです　きれいなお家に深々と身を沈めて　ああ毎日ありがたいなあと今の生活に感謝しています（中略）

いよいよ十二月　何かとお気忙しくお過しでせう　私共隠宅は別にどうといふ事はないのですが　気持だけはフワフワしてきます　日が短く　夕暮れの早いのに驚きます　おじいちゃんが勝手な事おねがいしました　我がままおゆるし下さ

い　みなさんお体お大事に

読んでみて驚いた。

祖父母は遠慮がちなひとで、わたしの母や父に対しては、もらおうという品物に注文をつけるようなことはしなかった。……ように思う。まあ、これは子どもの印象で、思いこみであるかもしれないのだが。

じつに風合いのある手紙だ。なつかしさを超え、未来住む祖父母から手紙を受けとったような、そんな気分になっている。

叔母のやさしい心遣いのおかげで、朝が待ち遠しい。

佃煮をちょんと箸でつまんでご飯の上にのせ、祖父母とはなしをする。

「年をとるっていいね、日常のありがたみを噛み締めるわたしになりました」

「それでよし」とでも云うように、ふたりかすかにうなづく気配。

（2019年9月17日）

せっかくだから

「家で仕事をするってどんなですか？」

と、あちらこちらで尋ねられるようになった。

もともとわたしは「尻職（いじょく）」であるから、助言のようなことがあったら、という訊かれ様（よう）である。そのたびにこう答えた。

「最初からうまくゆくものではない、と考えていたほうがいいかな」

その昔、フリーランスの物書きになったころ、そうなるといいなと思っていたかられしかったが、すぐには慣れなかった。家にいると気が散るし、誰も見ていないからつい怠けそうになる。となりの机にいる後輩に声をかけるような気分で、ひとりごとを云ったりもした。


「ね、きょうの会議、何時からだっけ」

「あのページのキャプション、どの段階で落ちちゃったんだろうね」

「出かけて、そのまま帰るね。よろしく」


……答える者はない。

会議も打ち合わせも、日時を自分で決めて覚えていなければならない。

小さいのも大きいのも失敗はほぼ自分のせいだ。

自分がいようといまいと誰も何も云わないが、かわりに電話を受けておいてくれたり伝言を残してくれたりする仲間もいない。

頼りなかった。

これでほんとうに仕事していると云えるだろうか、なんて本気で思いかけたこともある。

それでも、わたしは慣れていった。

不安定な暮らしが性に合ってもいたらしく、気を散らし散らし、怠け怠け、居職をつづけてきたのである。もう三十年以上、その道を歩いてきた。

最初からうまくはゆかないが、そのひとらしく慣れる、とは、だから、わたしの実感なのである。

近年、なんでも最初からうまくやれる、と思いこむのが流行っている。うまくゆかなさや、不慣れ、失敗は恐ろしく流行遅れで、そんなところで立ち止まっていないで、さっさと前に進みましょうというのが、現代のムードだ。

しかしほんとうは、たっぷりうまくゆかなさを味わい、不慣れを噛み締め、失敗して落ちこんでもがいたりして復活するという経験もしなければ、もったいないとわたしは思う。

「『最初からうまくゆくものではない』なんて云うひと、いなかった……」
「うまくゆかない自分を許せなかったけれど、そうか、うまくゆかないのなんか、あたりまえですよね」

と、わたしのぼんやりとした助言ともつかない考えを受けとめてくれるひともある。

せっかくだから……とわたしは考えている。
居職に向いているひとがそのことに気づく機会をつくれたり、会社と家と半々くらいでゆきたいという希望がかなったりするといいな。

なんにしてもさ、自分のことだけ考えていたら、だめだよ。

（2020年11月24日）

なんでもないけどなんでもなくない

二〇二一年がはじまった日、寝坊をした。

近年すっかり宵っ張りになったわたしだが、年が明けたときも眠るのがもったいないような気分になり、明け方まで起きていた。

それで、午前九時ごろごそごそ起きだしたのである。

玄関の棚の上の重箱と、台所のガス台の上の鍋。

おせち料理と、雑煮の支度をすませてあるのを見て、しみじみしあわせを感じる。二〇二〇年十二月三十一日に、自分で、できるだけの支度をしたのに過ぎず、なんでもないこと……と、思いかけて、「それはちがうね」と口に出して云ったのだ。

「それはちがうね……、なんでもないけどなんでもなくない」

若いころ編みだしたこのことばが、ぽんと、口をついたのだった。

「なんでもないけどなんでもなくない」

これを思いついた瞬間、当時の自分の考えをすっかり掬(すく)いとったもののように感じて、気が跳ねたのをおぼえている。

あのころからわたしは、目の前に置かれたものと、向き合い、組み合い、語り合ってきた。ただそれだけの道だったが、道の上では戦う場面も少なくなかったため、いつしか「なんでもないけどなんでもなくない」を忘れた。

そのスローガンにはやさしさがあり、戦う身からそっと離れていったようだ。戦うと云っても、わたしの場合、相手はつねに自分だったのだけれども。

「うちのおせち料理、鶏の唐揚げが入ってるところが好き」

「かまぼこ、ものすごく上等。こころして食べたまえ」

「お餅いくつ食べる？」

「きなこ餅食べたい」

「それはあとで」

「お屠蘇、甘みがちょっと足りないね」

「そうか、味醂を、あんまり入れなかった」


そうそう、こういうのこういうの。

「なんでもないけどなんでもなくない」は、こういうの。


「ね、お母(かあ)ぴー、午後何するの？」

と誰かが云う。

「仕事する」

「元日から？」

「そ。元日から」

そう云いながら、ひらめいた。

ことしは元日だから仕事はしない、とか、夜は早く寝たほうがいい、とか、韓国語の練習は無理かもしれない、とか、いろいろ決めつけずに、ちょっぴり強気でいこうという考えが、おでこのあたりにぴかっと。

「なんでもないけどなんでもなくない」

「強気」

これがわたしの二〇二一年のめあてです。

（2021年1月12日）

泣きそうになる

二〇二三年・いま

ちょっとした昔話を聞いていただきましょう。

初めての子どもが生まれたときのはなしです。

産院で、生まれたばかりの赤ん坊を胸に抱いたとき、不思議な感覚に包まれました。うれしかったのですよ。そう、とてもうれしかった。でも、その感情の隣りに、「ああ、これで、子どもを持たない人生を選べないことになった」という感慨がありました。

子どもを授かったことを感謝しつつ、この感慨を大事におぼえていようと決心したのです。同時に、子を持つことをあまり大げさにとらえずにゆこう、という柱が胸のなかにどんと立ちました。忘れられない瞬間です。

子どものことだけで自分の人生をいっぱいにしない。

たのしんで子どもと暮らす（たのしんでいることを子どもに伝えつづける）。

ひとに助けてもらいながら子育てをする（母と子の関係一本だけにしない）。

子を持たないひとへの敬意を忘れない。

柱の内容はこんなことでしたが、それはそのとおりになりました。

三人の娘は、三人とも0歳のときから保育園に入れていただいて、たくさんの保育士、看護師の皆さんのお世話になったのです。当時、出版社で記者、編集者として仕事をしていましたが、忙しくなると、ふたりの母、ふたりの父（子どもにとっての祖父母です）に預かってもらいましたし、友だちにも助けてもらいました。

わたしは、瞳の裏側にいつも涙をためている母親でした。

子どもの日々の様子、成長を見ては泣きそうになり、子どものまわりに起こるさまざまな事件に胸を痛めて泣きそうになり、あたりにあふれる親切や思いやりに接して泣きそうになり……、つまるところ、ひとというのはずいぶん、涙に近い場所で生きているのだということを知ってゆきました。

泣きそうになっても、ひと前では涙はこぼしませんでしたし、たいてい呑気に笑っていましたから、周囲からはけろりとした母親と思われていたかもしれません。どう思われようとかまわないのですが、わたし自身は「いまにも泣きそうな自分」を指針として内に持って立っていたかったのです。

「いまにも泣きそうになる自分」は、相手をわかろうとすることにつながってゆきます。子どもたちはとてもかわいかったし、一緒にいると、何もかもわかってやれるような気がしました。が、そんなはずはないのです。

それ、とても面倒な選択だと思うけれど、そちらを選ぶのね。

ひとりで、だいじょうぶ？

どうしても行くのね。

なんてことを、子どもに対して幾度思ったか知れません。思いはしましたけれど、云ったりはしません。自分の人生を自分で生き抜いてほしいと希(ねが)っているし、ゆっくりとだんだん子どもたちとわたし、佳き「よそのひと」になる、というのが、目標でしたから。

泣くほどの気持ちで見守り、じたばたしたこともあります。泣きそうになりながら、「応援、応援」と自分に云い聞かせながらね。

子どもばかりじゃありません。

夫や、親しい友だち、尊敬するひとたちの存在にしたって、同じです。ともに生きてゆこうと決心している、大事に思っている、尊敬している相手のことも、すべてわかるかと問われたら、否、と答えるしかありません。

わかろうとする。
それに尽きると思うのです。
わかろうとして、たとえわからなくても肯定したい、というのがわたしの覚悟でした。

自分の人生についても、なんだかめんどうな宿題がつづいていますが、それをともかくひとつひとつ肯定して、なんとかおもしろがって生きてゆきたいじゃありませんか。
こっそり泣きながら（失敗して泣きたくなることもありますしね）、ものがたりを生きてゆこうじゃありませんか。

せんべいと文庫本を持って
廊下でごろり。
のつもりが、
せんべいが見当たらない。
たしかに手に持っていたはず。
せんべいの足取りを
逆にたどって探す。
見つからず廊下にもどると、
文庫本のあいだに
二枚はさまっていた。

猫町

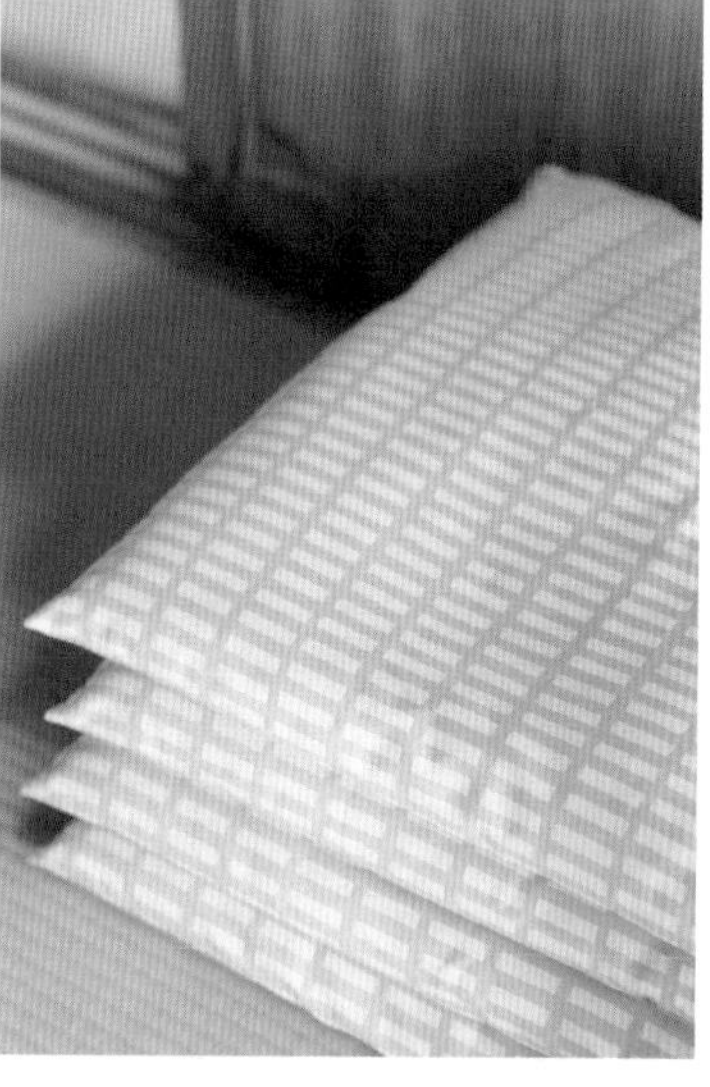

第4章　日常愛

そのひとの隣りに

谺雄二（こだまゆうじ）さん（＊1）が亡くなった。

その二日前には神美知宏（こうみちひろ）さん（＊2）が亡くなった。

ハンセン病の元患者（＊3）の人権回復運動を先導してきたおふたりは、その道を行く人びとを、いや、人権をもとめるあらゆる存在を導く星だった。

五月十一日に谺さんが亡くなったことを知った瞬間、わたしは、それに対してどういう感想を持ったらいいものか、と考えた。考えても考えても、感想など湧かなかった。「お疲れさまでした。どうか安らかに眠ってください」と思いかけたけれど、それは全然ふさわしくない。谺さんがみずから発案したハンセン病市民学会「いのちの証を見極める」（＊4）ほか、まだまだ見届けたい事ごとを抱えていたからでもある。

　頼りない気持ちをもてあまして、夫に向かって、「谺さんが亡くなった。どうしよう」と小さく叫んだ。「……どうしよう」という思いは、いま考えても、まったく正直なものであった。

　夫は、若い映像製作者が撮った、国立ハンセン病療養所栗生楽泉園（くりうらくせんえん）の元患者たちを追う映画のはなしをはじめた。

「谺さんが映画のなかで、発病した少年時代の孤独を語る場面が忘れられない。生まれ故郷の東京下町の荒川の土手で、凧揚げに興じる子どもたちを眺めながら、語るんだ。その後、谺さん自身が、凧揚げをする。とうとう凧が空高く揚がるんだ。それがラストシーンだったなあ」

　映画は「熊笹の遺言」（＊5）。夫がこの映画を観て、憶えていてくれたおかげで、わたしは荒川の河川敷で凧を揚げる谺さんを、眺める位置に佇（たたず）むことができた。そうだ、こうやって、胸に納めかねる悲しみも、ついにはまとまらぬ感想もそのままに、ひとは佇むことはできる。「そのひと」の隣りに居ようとすることはできる。

夫のはなしを胸のなかで揺するうち、わたし自身もするべきことを見つけた。書架に近づき、『いのちの初夜』（＊6）をとり出し、開く。机に向かって、それを開き、声に出して読む。ゆっくりと、噛み締めながら。

佐柄木はしばらく何ごとか深く考え耽（ふけ）っていたが、

「とにかく、癩病（らいびょう）に成りきることが何より大切だと思います」

と言った。不適な面魂（つらだましい）が、その短い言葉に覗かれた。

みずからも癩者であった作家北條民雄（＊7）が描いた短編集『いのちの初夜』の表題作だ。病気の宣告を受けて半年ののち、病院に入ることになった尾田と、同じ病院の先輩佐柄木の出会いが描かれている。尾田の入所最初の一日ということになる。

わたしにとって、わたしの書架にとって、もっとも大切な本である『いのちの初夜』。わたしの職業はここにはじまり、ついに終わるのかもしれないと思うほどの存在である。わたしの職業の第一歩は、出版社に勤めた編集者時代の、『忍びてゆかな』（＊8）の資料集めだった。若くしてハンセン病を得た歌人津田治子の生涯を描いた長編小説の連載がはじまったのだ。作家大原富枝氏の求めに応じて、国会図書館で歌集を写しとり（手書き）、東京・東村山の多磨全生園の図書室に通い、書籍、資料を探し、借り受けることに二十歳のわたしはほとんど没頭した。そのことがどれほどの重さ、気高さ、浄らかさでわたしを支配したか、当時は知り得なかったが、いまはわかるつもりだ。その没頭のなかでめぐり逢ったのが『いのちの初夜』であった。

そう無沙汰をしたわけではない本のなかに、佐柄木が静かに語る場面が、またしてもわたしを驚かす。内臓をぐっと手で握られるような気持ちだ。

同じ病に冒された男を見て、「もう人間じゃあないんですよ」と、佐柄木は云う。「人間ではありませんよ。生命です。生命そのもの、いのちそのものなんです」と、云うのである。

谺さん、神さん、わたしはこの文学（決して癩文学とは呼びますまい）を伝えつづけますよ。そのことだけは約束します。

（長過ぎる引用も、この際、許していただきたい）

＊1　谺雄二（こだま・ゆうじ）
ハンセン病原告団会長。国のハンセン病隔離政策による人権侵害を問う国家賠償訴訟で、原告団の中心として活動。差別や偏見の解消を訴えつづけた生涯を、二〇一四年五月十一日に閉じる。享年八十二。

＊2　神美知宏（こう・みちひろ）
全国ハンセン病療養所入所者協議会会長。二〇一四年五月九日、急逝。享年八十。

＊3　ハンセン病の元患者
ハンセン病の感染力が極めて弱いことが判明し、さらには特効薬によって完治する病気となった。しかし、特効薬の登場が間に合わず、治癒はしても後遺症、合併症に苦しむ元患者は少なくない。隔離政策は一九九六（平成八）年までつづいた。

＊4　ハンセン病市民学会

琊さんが七歳で入所した多磨全生園から、一九五一年に転園した楽泉園のある群馬県草津町で、ハンセン病市民学会が、ことし七年ぶりに開催された。

＊5「熊笹の遺言」
監督：今田哲史（当時日本映画学校の学生）二〇〇四年／日本／60分／カラー
配給：CINEMA 塾／製作・著作：日本映画学校

＊6『いのちの初夜』北條民雄（角川文庫）

＊7 北條民雄（ほうじょう・たみお）
一九一四（大正三）年生まれ。二十歳／癩の発病。翌年東京・東村山の多磨全生園に入所。川端康成に原稿閲読を乞い、以来師事す。院内「山桜」出版部で働く。二十二歳／「最初の一夜」を書く。二十三歳／「最初の一夜」を「いのちの初夜」に改題。「文學界」にて発表、「文學界賞」を受ける。

一九三七（昭和十二）年十二月五日永眠（二十四歳）。

一九三八（昭和十三）年『北條民雄全集』上下二巻刊行（創元社）。

＊8『忍びてゆかな——小説津田治子』大原富枝（講談社）

（2014年5月20日）

オールド・スポート

ことし三月に亡くなった父から、さいごに手渡された本が、これだ。『グレート・ギャッツビー』(スコット・フィッツジェラルド)。

父とわたしは、めんどうな父娘だった。

あまりにも似ていたからだろうか、あまりにもちがっていたからだろうか——そこはいまもほんとうにわからないのだが——あり得ないような場面で火花が散り、ときどき疎遠になった。疎遠のあいだ、わたしは父のことばかり考えていたし、父のほうでも、おそらくわたしの存在をなかったことにはしていなかったはずである。

本だけが、父とのあいだをとりもってくれた。

めんどうなお互いのあいだに本が置かれるときだけ父と娘は、読書の同士となるのだった。ただし、「これ、読むか」と云って本を差しだすとき、父の瞳にかすかに優越感が宿るのを、わたしは見逃していない。が、それがわたしには心地よかった……。

四十年あまりものあいだ、互いに「これ、読むか」、「これ、読んだ？」と云い交わしてきたが、わたしが父に紹介できたのは作家では「武田百合子」と「上橋菜穂子」、「メイ・サートン」だけである。つまり、ほとんど父からの一方通行だった。

『グレート・ギャツビー』のときも、父の目は光った。

「もちろん、これは読んでいいような」というふうに光った。

父に手渡された文庫本のカヴァには、映画化され二〇一三年に公開した（映画化はじつに五度め！／日本では「華麗なるギャツビー」として公開）本作品で主人公ギャツビーを演ずるレオナルド・ディカプリオが謎めいた表情で、こちらをじっと見つめている。

野崎孝翻訳による『グレート・ギャツビー』（新潮文庫）である。奥付を見ると発行は昭和四十九年六月。父がもとめたそれは平成二十五年三月の七十九刷のものである。この世に九十年生きた父にとっての、おそらくは数冊めにしてさいごの『グレート・ギャツビー』だったと思われる。

いつものように「これ、読むか」と云って差しだしたとき、「サイコーだ」と父は云った。原作にも映画にも近づいたことのなかったわたしは、「サイコー」の意味を受けとめかね、「そう、なのか」と文庫本のカヴァのディカプリオと見つめ合った。

父が急死したとき、通夜の棺とならび寝袋のなかで過ごした一夜、ひそっと胸の上でこの本を開いた。このときにはまだ、父の手から直接受けとったのが『グレート・ギャツビー』であったことが腑に落ちないわたしだった。

父はこの本のどこを「サイコー」と感じたのだろうか。

それから間もない日のことだ。

英文翻訳の師である翻訳家の高橋茅香子せんせいが、講義のなかで『グレート・ギャッツビー（The Great Gatsby）』にたびたび登場する「オールド・スポート」なることばについて話された。

「オールド・スポート（old sport）」。あれだ、と思った。

父に手渡された『グレート・ギャッツビー』のなかで、ギャッツビーが口癖のようにくり返す「ああ、親友」、「もちろんですとも、親友」、「あのね、親友」というあれのことだ、と。「オールド・スポート」は一九二五年当時の英国人の云いまわしで、アメリカ人は使わない。ただしアメリカ英語に置き換えるなら「my friend」が近いのではないか、とのこと。

さらに茅香子せんせいによると、作家村上春樹翻訳の『グレート・ギャッツビー』には、同じ呼びかけが「オールド・スポート」と、そのまま置かれている。

そのときすでに『グレート・ギャツビー』を読み終えていたわたしは、大急ぎで村上春樹翻訳の版（中央公論新社／村上春樹 翻訳ライブラリー）をもとめて、読んだ。訳者あとがきのなかに、二頁にわたる「オールド・スポート」についての記述がある。

＊

ご理解いただきたいのだが、僕はこの old sport 問題について、もう二十年以上にわたって「ああでもない、こうでもない」と考えに考えてきたのだ。そして二十年後に首を振りながら、これはもう「オールド・スポート」と訳す外に道はないという結論に達したのである。決して努力を怠り、安易に原語に逃げたわけではない。「オールド・スポート」は「オールド・スポート」でしかなく、「オールド・スポート」以外のものではあり得ないのだ。僕はそう思った。大げさに言えば、そう腹をくくったのだ。

＊

短期間に異なる邦訳で二冊『グレート・ギャッツビー』を読んだことは、わたしに大きな収穫をもたらした。読書そのものもたのしかったが、それだけではない。力をもらったように感じた。サイコーだった。ところどころ——これはわたしの読書の癖でもあるのだが——声に出して読んだ。

父に云わなければならない。

ありがとう……オールド・スポート。

（2014年7月22日）

夏の記憶

ある日。

午後、ひと仕事終えて武蔵野市役所の玄関を出る。

台風が三つ生まれて、そのうちのひとつが東京にどんな影響をもたらすかどうかという天気予報をさいごに、天気のことは忘れていた。

あたりは光にあふれている。わたしが市役所のなかにいるあいだに、台風は去ったらしかった。

あれれ、夕方までにはまだ間があるこんな時間に、子どもがいっぱい！

広場には、子どもたち（男の子も女の子も）がぴょんぴょん跳ねている。サッカーなのだか野球なのだか相撲なのだか……、それが混ざったような動きに見える。

つい足をとめ、ベンチに腰かける。

水飲み場に男の子が三人駆け寄ってきて、水道の蛇口をぐいっと上に向け、ごくごくと水を飲んでいる。その光景は、わたしに、自分の子ども時代のごくごくの感覚を思いださせる。

わたし、かつては子どもだった。

しばらく子どもたちの様子を眺めていて、気がついた。

きょう、終業式だ。夏休みがはじまったんだ。

すると、また、かつての夏休みの感覚がよみがえってきた。

夏休み。

子どもたちのページはめくられた。さあみんな、佳い日々を、夏ならではの時間を、ぎりぎりまでたのしみたまえ。

お願い。家のお手伝いも、ちょっとはしてくれたまえね。

ある日。

ＮＨＫ杯将棋トーナメントをテレビで観ようと待ちかまえる。

きょうから二回戦となり、羽生善治名人が登場する。対戦相手は北浜健介八段。

いつもは毎週日曜午前十時半からの放送であるが、高校野球の放送があるため、午後一時五分に変更になっている。

羽生名人が先手と決まり、本局への抱負を語る。

「今回が三十回目の出場（ＮＨＫ杯将棋トーナメント）ということで、月日の流れも感じていますし、張り切って指していきたいと思います。北浜さんとは対戦が少ないので（このたび三戦目）、新たな気持ちで臨めるのでは」

そも三十回のＮＨＫ杯出場がすごいが、三十回のうち十回の優勝というのは、いったいどんな記録だろうか。これにより羽生名人は、「名誉ＮＨＫ杯選手権者」の称号を持つに至っている。

解説の屋敷伸之九段による「居飛車（いびしゃ）対中飛車の対抗形になるのでは」との予想が的中し、居飛車対ゴキゲン中飛車、そして相穴熊となった。

あっという間に終盤戦となったように見える。後手番が先手番の穴熊を崩しにかかり、玉のまわりに金銀が一枚もなくなっている。羽生名人は金銀を自玉のまわりに打つが、後手が攻防。という局面がつづき、あともう一度くり返されたら「千日手（せんにちて）」か。

「千日手」とは、同じ局面がくり返しあらわれることを云う。四回くり返されると無勝負・指し直しとなる（ただし、連続王手の場合は王手の側が手を替えないと反則負けとなる）。

と、そのとき、羽生名人が飛車を切って攻めに出た。

結局、166手で、後手北浜健介八段の勝ちとなった。

千日手が濃厚と思われた局面あたりで、羽生名人に苦悩の表情が浮かんだ。眉間にしわが寄り、ときどき額に指を当てている。NHK杯将棋トーナメントは早指しだから、長考の道も選べない。

この夏もっとも印象に残る風景。

暑いというのを云いわけにして、考えることからも、迷うことからも、惑うことからも逃げている自分が恥ずかしくなった。こんなことでは夏の暑さが去ったとき、どうしようもない局面がわたしを待っているかもしれない。
現実世界には千日手もない。

ある日。
……会えない誰かを思うことがふえた。

遠くにいて会えないあなた。
事情が許さず会えないあなた。
離れ離れになって以来、行方知らずで会えないあなた。
あの世とこの世に隔てられ、会えないあなた。

二〇一二年、初めてカルチャーセンターでエッセイの講座を持ったとき、忙しい仕事をやりくりして一期だけ参加してくれたケーコさん。

一期が終わったとき、ケーコさんはカードをくださった。

「エッセイを書いてみよう」

参加させていただきましてありがとうございました。

参加しなかったら、生まれなかった原稿が四本、財産として残りました。

つぎの期は残念ながら出席できませんが、「今ごろ新宿で山本さんが黒板に言葉を書いている」と、講義の日には思い浮かべることにします。

「今ごろアラスカでは熊が森を歩いている」と都会で思い浮かべるのはふたつの時間を生きることだと星野道夫が言ったみたいに。では、またの再会を。

わたしはいつもこのカードを帖面にはさんで持っている。

「ふたつの時間を生きられますように」と希(ねが)って持っている。

会えない「あなた」を思いながら、そっとカードを読み返す。

（2015年8月11日）

灰汁抜き

わたしの住む東京都武蔵野市にはセカンドスクールがある。
当市の子どもたちにとってそれは一本の樹のような存在ではなかろうか。セカンドスクールを経験した子どものなかには何かが芽生え、根を張り、やがて樹になるというような。樹には虫が棲み、鳥がとまり、風が梢を揺らす。花が咲き、実のなることもあるか。

武蔵野市ではふだんの学校生活を「ファーストスクール」と位置づけ、自然に恵まれた農山漁村に長期間滞在して行う体験学習を「セカンドスクール」と命名した。誰もがその存在を知っている。「まあ、もうセカンドスクールに行く学年になったのね」とか、「来年はプレセカンドスクールに（子どもを）出すので、自分のことは自分でできるように訓練中です」とか、そんなはなしが挨拶代わりになっていたりする。

現在は市立小学校五年生（六泊七日〜七泊八日）と、中学一年生（四泊五日）を対象として行われている。また、小学校四年生にはプレセカンドスクール（二泊三日）を実施。行き先としては、新潟県魚沼市、南魚沼市、富山県南砺市利賀村、群馬県利根郡片品村、長野県飯山市ほかがある。

そのセカンドスクールが、ことし二十周年を迎える。

折しも二十年前、当市の第一回セカンドスクールに長女を送りだしたときのことを、しみじみ思い返している。

セカンドスクール？　一週間（七泊八日だったと記憶している）も？　ダイジョウブか？　とわたしはこんがらかり、じつは相当におじけづいていた。それでも子どもが家を離れて体験学習を行うというのが得難い経験であり、そうだ、

「かわいい子には旅をさせよ」だなと考えようとはしていたのだった。

子どもをてんで信用せず、荷造りに手と口を出し過ぎたのも、恥ずかしい記憶である。そうしておいて、終いに口から出たのが「何か足りなくなったら、お友だちに貸してもらいなさい」だった。当時わたしは、娘を送りだす母親として恐ろしくとんちんかんではあったけれど、子どものためのセカンドスクールは、親の体験学習でもあるのだということだけは感じとっていた。

八日ののち、小学校の校庭に迎えに行き、長女と再会したとき、なんとも云えない心持ちだった。どんなに家が恋しかったことだろう。子を労うという気満々で両手をひろげたわたしに、日焼けした長女が開口いちばんこう云ったのだ。

「あと三日くらい行っていたかったー」

「へ」

そのことばは、わたしに一撃をくらわせた。子に負けないようにわたしも育たなければ。

それから二十年たって、わたし自身がセカンドスクールを体験することになった。武蔵野市教育委員の任に就いて三年が過ぎたが、わたしはセカンドスクールの視察になかなか出かけられなかった。二十年前のあのときの一撃が大き過ぎて……ということでもないが、セカンドスクールはわたしの目の前に高く聳(そび)えていたのである。視察はたいてい、セカンドスクールのうちの一泊二日の予定だが、どんな在り方だったら邪魔にならず、視察の役目を果たせるのか、わたしにはてんでわからなかったのだ。

S小学校のセカンドスクールへの視察が決定した。出発の十日余り前にS小学校に行き、校長せんせいにお尋ねする。

「どのような在り方、どのような見方をすればよいでしょうか」

「何もしないで、ただただゆったりと子どもたちを眺めていてください」

また一撃がきた。

新潟県南魚沼市の旅の空だ。

午後一時四十分、六日町観光協会のKさん迎えの車に乗り、八海山スキー場で子どもたちと合流。天候によって予定が変わり、やっと晴れたこの日の午前中子どもたちは坂戸山（さかどやま）（標高六三四メートル／麓からの標高差四七〇メートル）登山をしており、これからまた八海山ロープウェーで山頂駅（ここから八海山山頂・八ツ峰縦走ができる）に上がるという。展望台から上信越の山々や佐渡島、自分たちが登ってきたばかりの坂戸山を眺める。全員健康、いまのところ怪我無し、ホームシックも無しとのこと。ほっと胸を撫で下ろす。

ロープウェーで下山すると、子どもたちが分宿している四つのペンションの迎えのマイクロバスが待ち受けていた。

さあ、さっさとマイクロバスに子どもたちを押しこんで、宿に収容。乱暴なようだが、それがわたしのそのときの感覚であった。登山につづいて、八海山ロープウェーでの往復をこなしたのだもの、じゅうぶん過ぎるほどの活動だ。

ところが。わたしの隣りでオザワせんせい（主幹教諭）がぽつりと呟いた。

「ちょっと遊ばせたいわね」

(えー?!)

最大級の一撃。

そうしてオザワせんせいは、若手の五年生担任のせんせいふたりに「この柴山で、十五分間遊ぶ時間をとりましょう」と告げ、遊び時間ははじまった。

「オザワせんせい、ここへきてまだ遊ぶんですか?」と訊く。

「灰汁(あく)抜きでしょうかね。予定の山登りもこなし、ロープウェーにも乗りました。でも、好きなように過ごす時間もつくらないと……」

「つくらないと……?」

「宿で友だちと喧嘩したり、落ち着いて晩ごはんを食べられなかったりね」

それでもまだわたしは半信半疑だ。子どもたちは疲れきっていて、遊ぶエネルギーなど残っちゃいまいと思った。そう云うとオザワせんせいはふふっと笑う。

「まあ、見ていてください。ほらもう、あの子たちブランコに向かってるでしょう? こういうとき揺れたい子どももいるんです。あと五分もすれば、全員、この芝の斜面を転がり出します」

さて、結果は——。

子どもたちは二分もしないうちに芝の斜面を転がり出し、担任のせんせいふたりも笑顔で転がり（その笑顔の素敵なこと）。あと三分間時間があったなら、校長せんせいまで転がっていたにちがいない。

オザワせんせい曰く、こういうのはガス抜きではなく灰汁抜きじゃないかと思うんだそうだ。

九月終わりの八海山は、ほんとうにうつくしかった。

紅葉が頂からはじまっており、下から見上げると、まるで赤や黄色の花が咲いているように見える。けれどわたしは八海山を思いだすたび、きっと子どもたちがブランコで揺れたり、芝の斜面を転がり落ちる光景を思い描くんだわ。料理で灰汁を抜いたり掬（すく）ったりするたび、人間の子どもにも大人にも灰汁抜きが必要！とか、思うんだわ。

（２０１５年10月６日）

遊び

「あー、くたびれた」

帰宅するなり、すぐと台所へ。

ご飯を炊いたり、秋刀魚を焼いたり、「おい、そこの君、大根おろしをたのむ」なんてことを云いながら働くうち、くたくたの「くた」がひとつ消えているのに気づくのだ。

「くたくた」は困るが、「くた」くらいは何ということもない。

近年、仕事の種類がふえ、量もふえ、責任の有り様も変化している。

どうしてわたしが……、と頭を抱えることもなくはないのだが、この巡りあわせがおもしろくもあり、自分に必要な経験であることが信じられる。

そうして、なんとひとからはたのしそうに見えるのだとか。

「なんだかたのしそうですね」

「……え、あの」

「お好きなんですね、このお役目」

「……う、その」

……え、とか……う、の先に、自分の苦心を云い募りたい気持ちだってあるのだが、云われてみればそうにちがいない。

たのしく働いているし、どの仕事も好きなんである。

で、ついこのあいだ、気がついてしまった。

わたしは仕事を遊んでいる。

批難の声が飛んでくるかもしれないのだが、そんなことはかまわない。
わたしはいつもいつも仕事を遊ぶ。

（2018年10月16日）

くり返しくり返し

昨年のはじめ、中学生と読書についてはなしをする機会があった。おもしろかったのは、彼らはまわりの大人に「読め読め」とすすめられ、自分がその期待に応えられないことに、罪悪感を持っているのだった。その強弱、持ち方はそれぞれである。

「ちっちゃいころ、お母さんに読み聞かせをしてもらったのに、自立読書が身につかなかった」

「好きな本しか読めず、めんどうな本は、さいごまで読めない」

「父ちゃんも母ちゃんも読書をすすめてくるけど、ふたりが何か読んでるのを見たことない。自分ができないからすすめてくるんだろうか」

「やっぱり、たくさん読んだほうがいいんですか?」


中学生たちが「読書」に対してとくべつな感覚を持っていること、予想はしていたけれど心底驚いた。そうして、それは大人が刷りこんだ結果だと思い、（大人を代表して）「ごめんね」と胸のなかであやまった。

まず、読書を好きなひとも、そうでないひともあること、得意なひともそうでないひともあることを話した。あたりまえのことなのに、中学生たちの顔がこれで緩(ゆる)んだ。


「君がいま、一所けん命やっているサッカーと読書を同じように考えていいと思うよ」

「え?　ほんとに?」

「うん。わたしが中学時代、サッカーを好きで、夢中になったら、本は読まなかっただろうね。少しは読んだかもしれないけど、それにしたって、サッカーの本を読んだんじゃないかな。……と思う」

「でも、山本さんは本が好きだったんでしょう?」

「そうなの。だけど、本ばかり読んでいないで、少しはサッカーもしなさい、とは云われなかったのよね」

「ほおお。考えてもみなかったけど、そうだろうね。ぼくはサッカーに打ちこんで、結果出しても、勉強はともかく、読書読書と云われてる」

「本を好きになったこと、いまよかったと思ってるけど……、子どもにもどったらサッカーとかバスケとか、将棋とかしたいです」

こんなやりとりをしたあとで、「まわりの大人はあまりすすめないかもしれないけれど」と断って、中学生たちに五つの読み方を提案した。

●好きになった本をくり返しくり返し読む。
●途中で読むのをやめた本も「読んだ本」にカウントしていいよ。
●わかりにくいところにさしかかったら音読する。新聞の音読もおすすめ。
●漫画も大事な大事な読書世界。誰がなんと云おうと大切に考えること。
●読書感想文は、印象に残ったところだけをぎゅっと書いたら？

（2021年2月16日）

玉ねぎと卵のおみおつけ

「ね、気分転換の時間におみおつけ、つくらせたげるよ。三人分頼みます」

夕方、階上に駆け上がって夫の仕事場をノックし、伝える。

「お、おお」

生返事。無理からぬことだ。映像の編集作業（たぶん）をして、こんがらかっている（たぶん）ときに、おみおつけと云われて、「よしきた」なんてはきはきした返事はできはしないだろう。こちらも、期待していない。

ちょっと考えて、玉ねぎ一個と卵一個を竹のかごに入れ、シンクの上に置く。

仕事を一時中断して夕方五時、台所に行ってみるとどうだろう。小ぶりの鍋のなかに、玉ねぎと卵のおみおつけができている。

夫もわたしもそれぞれ仕事場を自宅に持ち、それを二十八年つづけてきた。「ふたりのうちどちらが忙しいか」などという論争はしないように気をつかってきた。比較そのものが無意味であるし、そんなことをすれば「この忙しい時期にまで、どうして家事を一切合切わたしがしなければならないわけ？」というようなことを云いだしかねないわたしである。

さてじつのところ、わたしには忙しくない時期も、家事を一切合切ということも、ない。忙しくても何でもわたしは家のしごとが好きだし、家のしごとの差配は自分がしたかった。

こう書くと、ただえらそうにしていたいだけのようだけれど、それも事実。

家では、えらそうにしていたい！　です。

えらそうついでに書いてしまうけれども、年月をかけて、わたしは夫に家のしごとを叩きこんだ。親子丼づくりからはじめたのだったなあ。

洗濯の干し方だって、いろいろあった……。

「これもブラ○○、これも○○ジャー」

といちいち口に出しながら干す夫に向かって、決めつける。

「黙って干しな」

黙って干せるようになったばかりでなく、いまや夫は、すまし顔で吊りさげ式の洗濯干しのバランスをとったり、下着の目隠しカヴァをつけたりしている。

そんな道のりを、このたびのおみおつけをすすりながら思いだしたのだった。

「玉ねぎと卵のおみおつけ、さいこうに美味しい。ありがとう」

(讃えること、感謝を伝えることは差配人の大事な役目であります)。

（2021年4月13日）

摘む

「おはよう、おはよう」

防鳥ネットをくぐって、その場に立つなり、わたしは別の人間になる。……人間ではなくなるのかもしれない。魂を覆う肉体部分が薄くなってゆく一方でなぜか、どこかがつよくなっている。

熊谷に越してきて一年が過ぎ、ひとから「畑仕事が大変でしょう」と云われるたび、どう応えていいものか迷う。わたしには机仕事も、エッセイ講座の講師としての仕事もあって、ほんとうのところ田畑のことは夫に任せきりだからだ。夫のほうは、新作のドキュメンタリー映画の製作の只中だが、何かに突き動かされるように、お百姓をつづけている。

おそらく夫のなかで「同一性（identity）」が成り立っているのだと思う。

「田畑仕事はほとんどしていません」

とわたしが云えば、熊谷の田畑を裏切るようでもあり、友人知人の「移住」へのイメージを壊すようでもあり、「庭仕事をちょっとするくらいなのです、わたしは」と、口のなかでもごもご呟いたりして、情けない。

十年前に夫が植えたブルーベリーの苗木が育って、実の収穫ができるようになったのはそれから三年が過ぎた夏だった。ブルーベリーを植えた当時、夫もわたしもいずれ夫の実家である熊谷に暮らすようになる、とは想像すらしていなかったが、熊谷にひとつ因(よすが)を持とうと考えたのだった。

ちちははも因。実家の田んぼも因。なつかしさも因。

そうにはちがいなかったが、自分たちではじめる自分たち独自の役割としての因を思っていたのだと思う。

三十本植えつけたブルーベリーは低木だが、よく実る。収穫期は七月下旬から九月初旬。ムクドリの好物だから、六月末に防鳥ネットをかける。木の間隔はうまい具合だが、あまり剪定しなかったから、佇まいは野放図そのものだ。

夏がきて、朝のブルーベリー摘みがわたしの当番になった。

二日に一度、朝六時から二時間摘みとりをし、出荷する。出荷先は親しくなった総菜店か、農協の農産物直販所である。朝収穫しないと、出荷のタイムリミットに間に合わないし、気温がぐんぐん上がるのだ。体力を奪われて、夢中になって摘んでいると、とつぜんふらーっとして、慌てる。

「おはよう、おはよう」

ブルーベリー畑で摘みとりをはじめると、わたしはいきなり無心になる。目は太った実を探し、指先はそれをつかみにかかる。

そのうちブルーベリーとのあいだに何かが通いはじめ、木を渡り歩きながら「いいねいいね。きれいだし、おいしいし」「あなたは、あさって。またね」なんて声をかける。

パクリ。

ときどき、摘んだ実をバケツではなく、自分の口に入れる。

パクリ。

ブルーベリーの実は数粒ずつ実を寄せ合っている。たわわに実るグループもある。

そんななかから、太ったのをひと粒摘むと、胸がチクリとする。

もしかしたら、このひと粒は一家のお父さんかもしれない。……お父さんだけ連れてゆくのか、わたしは。

ふた粒寄り添ううちのひと粒に手を伸ばす。……恋人を引き離すのか、わたしは。

グループのほとんどを摘みとり、ひと粒残したりするときはチクリでは済まない。グサリである。

無心が生む、浅はかな物語のなか、感傷的になってゆくのは、命あるもの同士が向き合っているからでもある。それでもわたしはブルーベリー摘みが好きなのだ。

ひとに聞かれたら、「わたしはブルーベリー摘みを担当しています」と答えようと思うのに、いまや、誰も「畑仕事は？」とは訊いてくれない。

ブルーベリーの摘みとりは、九月のはじめまでつづきます。

（2022年9月6日）

草のこえ

「鎌のチカラというのは、たいしたものですね。道具は、やっぱりすごい」

ふり返ると、麦わら帽子の男がわたしの後方でしゃがみ、鎌を動かしている。

「……そうですね。道具はでも、手入れをし、保管に気をつけないと、たちまちすごくなくなります」

そう応じながら、麦わら帽子の男がどこからやってきて、どうして庭の草とりをしてくれているのか、わからない。

「あの、喉は乾きませんか」

声をかけると、麦わら帽子が動いた。

「はじめたばかりですから。平気平気」
麦わら帽子の下の笑顔には見覚えがある。

「ニシジマヒデトシ」

俳優の西島秀俊が、草とり。

「でもね、山本さん、このひとの草とりの腕は確かですよ。そいつは私が間違いなく保証します。よかったら一度草とりをさせていただけませんか？」

これまた知らない男の声がこう云ったのをなんとなく思いだした。この男の紹介で、西島秀俊はここへやってきたのだ。

とった草をそれぞれ手元に置いている箕（み）（手籠）に入れ、何度もネコグルマ（一輪車）に運んだ。そうしてネコグルマがいっぱいになると、リヤカーに積む。

その間（かん）西島秀俊もわたしも、ほとんどことばを発することなく作業をつづけた。一度、草いっぱいの箕を抱えてネコグルマのもとで顔を合わせたとき、西島秀俊が呟くように云うのを聞いた。

「雑草というのは、受けいれ難い存在だなあ」

「ええと、それはとってもとっても雑草がなくならないというはなし？　それとも雑草なんてものはないのじゃないかということ、ですか？」

「あ、雑草なんてものはないのじゃないか、というほうです。みんな名前を持っている植物なのに、とふと思ったのです。かわいい花や実だかタネだかをつけてるヤツもいて、ちょっと複雑な気持ちになりました」

「わかります。勢力がつよい植物をわたしの都合で抜いている、と考えています。うちの裏手に夫が堆肥場をつくったので、そこへ運んでいい土になってもらいます」

「それはいい」

と麦わら帽子の下の顔が、笑う。

「あとで堆肥場を見せていただいてもいいですか」

＊＊＊

そこで目が覚めた。

夢を見ているのだという意識がわたしにはあった。

これが現実だったら、西島秀俊のもてなし方を考えて焦ったり、帰りはタクシーを呼んだほうがいいだろうかと、余計なことで気を揉んだりドタバタしそうなものだが、夢だとわかっていたからこそ、とことん草とりをした。

少し前に西島秀俊が主演してアカデミー賞・国際長編映画賞（旧外国語映画賞）を受賞した映画「ドライブ・マイ・カー」の原作を読んだからかもしれない。

村上春樹のこの作品に、惹かれて、文庫をとりだし、何度も読んだ。

夢のなかで、知らない男が草とりに西島秀俊を推薦するくだりは、「ドライブ・マイ・カー」のなかの台詞に酷似している。その場面を、わたしは好きだったのである。

「でもね、家福さん、この子の運転の腕は確かですよ。そいつは私が間違いなく保証します。よかったら会うだけでも一度会ってやってくれませんか？」

というのが、原文である。

ただひたすら運転がうまい二十代半ばの女、ぶっきらぼうで無口でかわいげがないというところに「彼（家福）」が興味を惹かれる感覚が、たまらない。ひとが何かの腕を持っているということ、世間的にはあまり評価されない、もっと云えば評判のよくないということに、惹かれるのがわたしだ。その魅力を見つけだせることにおいて、わたしはわたしを好きである。

ところで、この数日、わたしはほんとうのほんとうに草とりをしている。夏のあいだ担当していたブルーベリー摘みがおおよそ終わったからでもあり、庭仕事を紹介する映像の製作がはじまったからでもある。何にしてもわたしの前にあらためて「庭」が置かれたかたちだった。

置かれたら、おもしろがらないと。

そう思ったら、俄然やる気が湧いて、時間を見つけては庭にしゃがむようになった。

庭には虫もとかげもいるし、鳥もやってくる。ひとの気配もある。西島秀俊のことはともかく、五月に旅立った弟が草のあいだからあらわれるような気のすることもあった。百五十年以上もここに存在する家に、どのくらいのひとが暮らしたかわからないけれど、そんなひとたちも、ときどきやってきて草とりを手伝ってくれているようだ。

※「ドライブ・マイ・カー」（村上春樹）『女のいない男たち』（文春文庫）所収

（2022年10月4日）

日常愛

二〇二三年・いま

「日常愛」ということばとの出合いは、二〇一五年五月十七日の朝刊でした。胆管がんのため七十五歳で亡くなった詩人、長田弘(おさだひろし)。記者のインタビューに応えた逝去前日のことばです。

日常愛とは何か。

「生活様式への愛着です。大切な日常を崩壊させた戦争や災害の後、人は失われた日常に気づきます。平和とは、日常を取り戻すことです」(毎日新聞より)

この日の朝、「日常愛」ということばに降られたわたしは、はじめ小雨にあたってそぼ濡れていたのだけれど、気がつくとずぶ濡れになっていました。

はっとして「日常」への愛着をかき抱きながら、それより大切なものはないと、気づかされながら、あわてました。

新聞には、当時刊行されたばかりの『長田弘全詩集』(みすず書房)に収められた、太平洋戦争へ出兵した日本軍兵士の陣中日記を引いた詩が紹介されています。

「……/焼のり、焼塩、舐め味噌、辛子漬、鯛でんぶ、牛肉大和煮/……」

戦争にいった男の遺した、戦争がくれなかったもののリスト。

焼のりも焼塩も。

辛子漬けのための茄子、きゅうりだって、大根だって、すぐにでも用意できます。牛肉大和煮も缶詰で。

いまは、たちまち誰かさんの日常への愛着を実現させる術が、そこにもここにも……。

この世からの旅立ちを、翌日迎えることになる長田弘は語ります。
「戦争はこうして、わたしたちの生活様式を裏切っていきました。こういう確固とした日常への愛着を、まだずっと書きつづけたかった。（中略）いま、失われようとしているものがいかに大切かということを……」

さて、わたしの日常愛観。失われなければ気づくことのない、日常の価値とはいったいどういうものであるのでしょう。

●朝起きてのびをする。
●起きだして身支度。洗顔、歯磨き。
●神棚への挨拶（二拝。二拍手。一礼）。

●仏壇への、朝の挨拶（お水を供し、お線香を）。
●「こころを寄せる場所」への朝の挨拶（お水を供し、お線香を）。
●その日の予定の確認。

こんなふうにして家もわたしも目覚めてゆきます。
一日がはじまります。

「わたしも似たようなはじまりだわ」と云う方もあるでしょうし、「身支度のあと、朝ヨガをします」とか、「子どもが起きてくる前に、朝食の準備、夕食の下ごしらえをしなくては」とかね。朝の風景は年代によっても異なることでしょう。
いまの日本には、「深夜に行われた空爆。その場所はここからは遠いが、くり返し爆弾が落とされ、爆弾の炸裂音、激しい振動によって眠るどころではなかった」というなか朝を迎えて、空襲警報下、一日がはじまるという現実はありません。

しかし地球上のところどころに、夜のあいだに住処を破壊され、見知ったひとの死を知ることになる朝が広がっています。

日本にもかつて戦争の日々があり、わたしが知る限りでもこれまで数えきれない災害の日々がありました。いまなお、朝のくることに恐怖を感じる人びと、失われた日常をとり戻せない人びとがたくさん……。

少なくともわたしは、「日常愛」に目覚めなくてはならない、と思うのです。この愛しい日常の値打ちを噛み締めたいと、思うのです。

噛み締めて、「ちょっと黙りなさい」と自らに向かって云う。

「文句や愚痴を云ってるんじゃないわよ」

「不運をひとのせいにしたりするんじゃないの」

そんなあきれたことをしている暇があったら、日常を大事に大事にして、そのなかで、生きる力を身につけることですよ。何か起きたときに、役立つ力を。

本日は雑用の日。
いそいそ紙、ペン、
箱たちとたわむれている。
わたしのしごと（家）、
わたしの仕事（職業）を
支える雑用という名の
作業を、愛している。
そういえば、
同じ「雑」のつく雑談も
人生の大事の大事。

HAPPY FUMIKO
MOTHER'S DAY
사랑해요
いつも
ありがとう!!

2021.6.10
ふ.梅干し
2021.6.6
梓 梅干し
2021.6.13
ふ.梅酒
2021.6.13
ふ.梅酒

YANMAR

第5章　くまがや日記

二〇二一年五月八日――十一月

二〇二一年五月八日

五十五年間暮らした東京から、埼玉県熊谷市への移住の日。

移住先は夫の実家だが、ははが他界し、ちちがグループホームで暮らすようになった半年前、住むひとのない家になった。

築年数百五十年超えの農家を、わたしはずっと好きだったし、この家があるおかげで、どこに暮らしていても土を思い、水を考え、風をおぼえることができたのだ。しかし、いつかはこの家に自分たちが住もうとは、露ほども考えていなかった。

あれは、二〇二〇年十一月二十八日土曜日の夕方。

数日前に三女を韓国留学に送りだしほっとひと息ついて、わたしは家にいた。本にたとえれば、ひとつの物語が区切りをつけたあとの静けさのようなものがあった。云い換えれば、あたらしい物語がはじまる前の静けさだ。

テレビを観ていた。

緑深い新潟県上越市の山奥の集落。ドイツ人の建築家カール・ベンクスさんとその妻ティーナさん。古い家再生。「古民家村」。和洋折衷のうつくしいインテリア。

情報は切れ切れに、ゆっくりと流れこんでくるのだった。

まずは老舗旅館を事務所に、古民家を自邸として再生。ここに移り住んだベンクスさんは、その後買い手を見つける前に集落の古民家の再生を手がけつづけた。大都会から移り住むひとあり、しばらくは別邸として暮らしはじめるひとあり、とさまざまだが、山奥の集落は息を吹き返した。

番組はそんなベンクスさんと、活動と、夫婦の暮らしぶり、集落の様子を静かに映してゆく。

「古民家は宝石の原石。磨けば光り、輝きます」

と、ベンクスさんが語った。

この瞬間だ、わたしの頭のてっぺんあたりで、カチッと音がしたのは。

一時間半の番組を観終えるや、二階で仕事をしている夫のもとへ駆け上がり、告げる。

「ねえねえ、わたし、熊谷の家に住むことにする。あなた、東京にいたいならいていいけど、わたしは移住する」

そう云ってしまってから、熊谷の家は夫の実家なのにね……と、思ってひとりであはは、あははと笑う。

それから五か月たった本日、ほんとうにわたしたちは越してきている。

夫もわたしも、自分の仕事場をつくる必要があったり、古くなった水回りをすっかりつくり変えることにしたため、工事のただなかへの引っ越しである。

トイレだけはついているが、台所と浴室がつくのは二十日先という状況は……、ええと、半分キャンプ生活だ。

五月○日

引っ越してきてからの夫とわたしの居住スペースは、八畳間四つの「田の字」の座敷の半分と、そのまわりを囲む廊下と、奥の納戸。そう書くとそう狭いことはない、ということになるけれども、そこには先代、もっと云えばご先祖さまたちの荷物が残っている。

先代たちの荷物と、わたしたちの家具を詰めこむと、異界のような空間が生まれる。

なだらかに云い換えるなら、バトンタッチワールドということになろうか。引っ越しの段ボールの半分近くは物置に置いてある上、居住スペースの家具も仮置きだ。ということもあって、朝から晩まで……、あるときは夢のなかでまで何かを捨てたり、拾い上げて洗ったり拭ったりしながら、わたしは過ごしている。

夫とわたしの、先代の荷物と家具の片づけはつづく。お互いに約束の仕事を抱えながらの片づけは、ちょっとしたゲームのようだ。

「はい、ここまでー。わたしは原稿を書きまーす」

「新橋に打ち合わせに行ってきまーす」

五月◯日

大工さんたちは午前八寺半にやってくる。

家でいつもひとり仕事をしているわたしは、突如として仕事仲間を得たようで、そわそわする。なんだか、うれしいのだ。

「おはようございまーす」

とつい、叫ぶように云う。

工事は家の三分の一を占める土間と、外まわりで行われている。

土間に浴室、台所、そしてそしてわたしの仕事場ができる。

設計者であり現場責任者でもあるコイドさん（七十歳代前半）に、わたしは頼む。

「押入れのなかに洋服を吊るすポールをつけてほしいです」

「それと、その上に棚も」

「あ、ここにもポールをお願いします」

おねだり婆である。

おねだり婆のねがいは、コイドさんから大工の親方（棟梁）のナカジマさんに伝えられ、そうして実現する。

仕事仲間を得たようだなんかと云っているわたしは、ねだり、そうしながら大工さんの邪魔にならないように気をつけるばかりである。

邪魔……。

そういえば子どもの時分から、わたしは大工さんが大好きだった。一家で移り住んだ一九六〇年代の東京郊外といえば、そこにもここにも家が建つ、という時代。よその家の建築現場をまわって遊んでいたっけ。あの頃も、子どもごころに大工さんの邪魔をしないように、と気をつけていたが、きっと邪魔にはなっていた。しかし邪魔にされることはなかった。危ない目に遭わないように気を遣ってもらってはいたけれども。

お昼休みに、大工さんたちがお弁当をつかった（弁当をつかうという表現と、とんとご無沙汰している）あと、弁当箱の蓋にやかんのお茶を注いで飲むのを見て、こっそり真似したことがある。

五月○日

自転車で川に洗濯へ。

洗濯機が使えないから、川ならぬコインランドリーに行く。自転車に乗っていたら、たのしくなってきて、わたしは歌う。

「おばあさんはー、川にー、洗濯へ行くのですー」

でたらめなうたを歌っているうち笑いがこみ上げてきた。ゲラゲラッと笑うが、こういうときマスクは便利だ。ひとりでゲラゲラやっている女なんていうのは、恐ろしい存在であろうところを隠してくれる。

それに、ここには知ったひとがまだあまりいないから、気も楽だ。もといたところには知り合いが多く、「さてきょうは、誰にも知ったひとに会わずに駅まで行けるでしょうか」という遊びみたいなことをしていたけれど。

ここにもだんだん知り合いがふえるだろうか。

五月○日

日曜日。

大工さんはお休み。つまらないなあ、と思いながら仕事をしたり、片づけをしていると、門のほうで声がする。

「ふんちゃーん」

誰だろうか。

見ると、東京の友だちのシュウチャン一家がならんで立っているではないか。群馬県に出かけた帰りに寄ってくれたという。

うれしくてちょっと泣きそうになる。

そうでなくてもシュウチャンは、わたしたちのキャンプのせんせいで、ここへ来てからの「半分キャンプ生活」のなか、何度おそわったことを思いだしていたかしれない。

五月〇日

このたびの移住（東京都武蔵野市から、埼玉県熊谷市へ）が、具体的に動きはじめたのは、昨年の十二月だった。

夫が埼玉県北唯一のミニシアター「深谷シネマ」へ映画を観に行って、地元の建設会社の社長に会って、その人物がこころやさしい「おもしろがり」だったことを思いだしたのがはじまりだ。その人物、ナカジマさんの名刺を探しだして連絡する。

ナカジマさんは、夫と出会った日のことを、酔っていておぼえていなかったのは可笑しかった。おぼえていなかったけれども、出会い直しをして、ことはゆるく、大急ぎで動きだした。

こんななか、わたしのなかに芽生えて、育ったものがある。このたびの移住のテーマと云ってもよいかと思う。

「何事も大げさにとらえ過ぎない」

これはこの時点から、大きくわたしを支え、時にわたしを引きとめてくれることとなる。まわりに移住を打ち明けはじめたのは、引っ越しまでひと月を切ったころだったが、伝えた友人知人からは、「引っ越しを軽く考えないほうがいいですよ」ということばを少なからず受けとった。親身なアドバイスである。

これをありがたく受けとめながら、ゆったりかまえ、失敗もまた、よしとしようと、考えることとした。するべきことのいくつかが抜け落ちたって、追いかければたいてい間に合うのではないか。失敗にしても……、これはあとから笑い話にしてたのしめるはず。

きょうもきょうとて、設計者であり現場責任者のコイドさんが、困った顔で近づいてきた。

「キッチンの設備が六月八日にはそろうんだけれども、それを取りつける技術者の手配がつかねえらしいの」

「そうですか」

（キャンプはまだつづく……）と思って、わたしのなかの何かがはずんでいる。

「了解しました」

五月○日

近所の家々、近くに住む親戚に、転居のあいさつにまわる。

ちち（夫の父）の末の妹にあたる叔母から、やさしく声をかけられる。

「こちらに慣れるのは大変だと思うけれども、どうかよろしくお願いします」

これまた親身なことばなのだが、咄嗟にわたしが思ったのは……。

（まわりの皆さんがわたしに慣れるほうが、大変かもしれないなあ）。

それにわたしは、このあたりにもう慣れている、とも思え、一方で、いつまでもいつまでも慣れないでいたい、とも思うのだった。

五月○日

家のなかに水がない。

トイレはついているので、そこには水があり、手を洗うことはできる。が、そこでは炊事らしきこと、洗面歯磨きもできないから、ほとんどの水仕事は家の裏手の水道一本がたよりだ。

夜は真っ暗で、大型懐中電灯なしには作業ができない。これが、いまの生活のなかの、もっともキャンプ的な部分ということになるだろう。

この日、スーパー銭湯（二種類のスーパー銭湯と、昔ながらの「さくら湯」で入浴している）に行き、帰宅してから使ったコップや器を洗おうと、桶をかかえて裏口を出た。土間に、作業用の電灯をつけると、おもてもほんのり明るむ。これでゆけるような気がして、大型懐中電灯なしで、器類を洗い上げる。

（そうだ、マスクも洗っちゃおう）

家の裏手にある蔵の階段に置いた洗剤をとりに行こうと……。

バタッ。

ペチャッ。

ブロックに足を引っ掛けて転んだのです、わたしは。

ぬかるみのなかに倒れこみながら、笑いそうになる。

(お風呂に行ってきたばかりなんだけどね)。

カラダのいろんなところが痛いけれど、それが打ち身なのか切り傷なのか、暗くてわからない。いつまでもぬかるみに抱かれていたくはないけれども、痛くてからだが動かせない。

なんとか起き上がって、どろどろのままトボトボ土間に入り、夫に報告。

「転びましたー」

「えええっ。夜の水道まわりには気をつけて！　と、あれほど云っていたのに。だから、食器洗いも朝を待ってするほうがいいと……」

「転びましたー」

土間で泥だらけのデニム、くつした、パーカーを脱ぐと、左の脛と右の肘から血が出ている。

(痛いよー)

右の腰骨あたりを打っているらしく、そこには別口の感覚が生じている。

（痛いよー）

「うん、それにしても、明日の朝、その右の腰骨のところが腫れていたら、病院だからね」

と、夫が心配と、呆れが混ざった表情で宣言する。

五月〇日

朝起きると、からだのあちらこちらが痛かったけれど、どこも腫れてもなく、すたすた歩けてほっとする。

日曜日だ。

この日ばかりは大工さんもお休み。

車で松本の映画上映会（「きみが死んだあとで」の上映と、トークショーがある）へ出かける夫に、ついてゆくことにしていた。

引っ越してからちょうど二週間、「半分キャンプ生活」をちょっと休んでもいいような気がしたからだ。

ところが出かける前夜にひどい転び方をしたものだから、朝がはじまるまで、「ほんとうに行けるのか」という暗雲が天井あたりにたちこめていたのだった。

行けることを証明するため、スキップして見せる。

五月○日

東京から埼玉県熊谷市に引っ越してきて三週間が過ぎた。

改築計画のうち完成しているのはトイレだけ。家の裏手にある水道一本での家しごと、カセットコンロでの調理、コインランドリーでの洗濯（「川へ洗濯」と呼んでいる）、市内の銭湯とスーパー銭湯をめぐっての入浴は、相変わらずつづいている。

「せめて台所と浴室が完成してから引っ越す、と考えなかったのはなぜですか？」

この問いは、周囲から発せられたものではなく、わたしからわたしへのものである。

「ひとつには、大工さんの作業の近くで暮らしたかったから。ひとつには、不便を味わいたかったから。ひとつには、できるだけ早く熊谷の家に移り住みたい、そうするのがいいと感じたから、です」

これが問いの答えとして成立しているかどうかはともかくとして、半分キャンプ生活を三週間つづけてきたいま、これでよかった、という感覚に包まれている。よく考えてかからないと炊事の火口が足りなくなり、家しごとに時間がとられて仕事をする時間がなくなり……、あわてる。あわてながらも、この混乱に救われている、と思うのだ。

東京を離れたさびしさや、あたらしい生活環境への不安など、胸のなかでこねている遑がないからだ。

六月〇日
浴室ができた！

ああ、これで銭湯とスーパー銭湯めぐりが終わるのだと思うと、さびしい。夕方、大工さんが引き揚げるや、銭湯に向かうというのは、一日のうちの大事なイベントだった。

毎日のようにサウナに入っていたのが、いまとなっては夢のように思える。サウナ室でめぐり逢うお互いには、親密が生まれる。お互い全裸である上、同じ大画面のテレビのほうを向いて、ちょっと笑ったり、「え？」と叫びそうになったり。

リゾート銭湯の露天風呂が、まるで庭園のように広々していて、気持ちがよかったな。

いつかひとりで自転車に乗って行き、あの庭園のなかの「源泉かけ流し寝湯」に寝転んで昼寝しよう。

完成したばかりの浴室がぶつぶつ云っている。

「アタクシについての感想は、ないんですか」

「たいへんけっこうでございます。いろんなひとに入ってもらおうね。末長くよろしくお願いします」

六月〇日
洗濯機も使えるようになる。

「川に洗濯」も、終わりだ。

洗濯機に働いてもらいながら、うたを歌う。

「お久しぶりね。うれしいような、さびしいような、やっぱりうれしいわたしですー」

六月〇日
「何やってるの？」
洗面所に見えた夫の背中に声をかける。
「何って、顔を洗ってるんだ」

「ええっ？」

びっくりした。

洗面所が使えるようになって四日たっていたというのに、わたしは、洗面所を使わないでいたのだった。そういう自分に、びっくりしている。

裏口を出た先にある、一本水道を頼りに洗面も、食器洗いもしてきたものだから、それにすっかり慣れていた。

おそるおそる真新しい洗面台に向かってみたが、わたしはきっと、外の一本水道を使うだろう。馴染みになっただけでなく、そこは、母方の祖父母の家を思いださせる。

祖父母の家には台所の勝手口を出た先に流しがあり、木彫りの箱型の鏡がついていた。鏡は扉になっていて、そこをあけると歯ブラシや石鹸がある。

指先に水をつけ、それを顔にちょんちょんとやって洗顔とするような子どもだったわたしだが、ここではざぶざぶと顔を洗った。水が飛び散ってもへっちゃらだったし、おもてで顔を洗うというそのことに満足していた。

大人になってからも、ときどき「おもてで顔を洗う」を夢見ていたのが、知らないうちにかなっていたのだ。引っ越してきたときには、ほんとうにほんとうの一本水道だったが、その後このたびの工事の設計者であり現場責任者であるコイドさんが、水道屋さんと相談して、流しをつけてくれた。

　そうしてわたしは、今朝もここで顔を洗う。

六月○日
　瓦職人のヤマダさん登場。

「重要文化財の山門の瓦の葺き替えをしてきたんだが……」

　と、名調子。

「瓦を下ろすと、屋根から下はまったく頼りないように見えるんだよね。しかし、そこに瓦を乗せると、家がぐっと足を踏ん張ってしっかり立つんだよなあ」

　はなしを聞きながら、伝統に根ざした瓦屋根がなぜよいのかを、学ばなくてはいけないなあと思わされる。

　がんばってお金を貯め、長屋門や蔵の瓦を葺き替えるぞ、と誓う。

　このたびヤマダさんは、母屋の瓦屋根の点検修理をしてくれることになっている。高い屋根の上にそびえる長身の山田さんだが、家のなかにいても、屋根の上はいたって静か。瓦屋根の上を忍びのごとく移動しているのだ。

　朝早く屋根に上がり、夕方暗くなって下りてきた。

「しばらくは、これで大丈夫」

ときっぱり宣言して、帰ってゆく。

六月〇日

台所ができるという日、わたしは東京で仕事。

「帰ったら、できてるよ」

とコイドさんに送りだされたが、帰宅すると、ガス台にも流しにもシートがかかっている。なんでも、重要な部品が足りなかったそうで、台所の開設は一週間ほどのびそうだ。

気持ちを切り換える。

ええと、ええと。

順風からは物語が生まれにくく、一方、不便や乱調は、どっさり物語のタネを懐に隠し持っている。

それにわたしには、おもての一本水道とカセットコンロがある。

六月〇日

朝起きて、顔を洗い、身支度を整えたら、門を開ける。

たいてい夫がギギギギ、とやるのだが、わたしがやる日もある。

ギギギギギ。

何代か前のご先祖に和算家があって、埼玉県北の測量と地図づくりに貢献。そのときに武蔵国埼玉郡忍（埼玉県行田市）の忍城（おしじょう）から賜ったのが、この門だ（と言い伝えられている）。

門の扉口の両側に部屋が連なる長屋門である。

門に向かって右側に居住スペース（ちちとははは、新婚時代をここで過ごしたそうだ）、左側に厩（うまや）（農家だから馬ではなく、牛が住んでいた）と納屋があり、ちょうど長屋の中央部分に門がついている風情。

この門を開けるのと同時に、家の一日がはじまる。

ギギギギギ。

ちちもははも元気だったころ、母屋の座敷でくつろいでいると、通り土間にひとが立っている。

「ごめんください」

はじめはいちいち度肝を抜かれたが、ちちもははも夫も平気なのだった。ずっとそんなふうに外からのひとを迎え入れてきたからだ。

いまは門にも、母屋の玄関にもインターフォンがついている。

それでも門が開いているかぎりは、「どうぞお入りください」ということとなり、配達のひとも近所のひとも呼び鈴を鳴らしはするものの、門のところで待ってなどおらずに庭を通って、玄関に向かうのだ。

移住を決めたとき、このこと、つまり門のことが気がかりだった。

門のほかにもうひとつ柵のようなものをつけたらどうか、とか、開門時には木製のバリケード（うま）を置いたらどうか、とひとりで思案していた。

ところが住んでみれば、どうということもない。

門というのはなかなかいいものだ。これを開けたり閉めたりすることで、自らの「その日」を開け閉めできる。などと思うようになっている。

六月〇日

台所がついた。

ステンレスの業務用みたいなものを望んでいて、そのとおりになったのがうれしい。ここで、これから、できるだけの働きをしたい。床は、先代が考えた末に貼ったコンクリートを生かした、土間風。水も、土も受け容れてくれる。

東京ではつくりつけの食器棚を使っていたので、さてどうしたものか。

書棚として使っていたチェストふたつを使うこととするが、それだけでは収納が足りないようなのだ。

「これはどう？」

夫が納屋で呼ぶので、行ってみると、背丈九十センチくらい、幅も同じほど、奥行き三十センチの木の戸棚の前で笑っている。

「うん、とってもとってもいい。これはなあに？」

「おばあちゃんが嫁入りのときに持ってきた、下駄箱」

なるほど、上部の引き戸、下部にひきだしがついているが、あいだは持ち上げて開け閉(た)てできる扉だ。

ごしごし洗って、台所へ。

「あなたは、きょうから食器棚です。大変身ですが、どうかよろしくお願いします」

六月〇日

わたしひとりきりの日曜日だ。

台所がついたうれしさから、夜更けまで働いたため、きょうは休養。

門を開けずに、昼までごろごろする。

七月○日

ははの命日。

昨年のきょう、ははこの世から旅立った。

朝から仕事をしたり、仕事場まわりを片づけたり、せわしなく過ごしていたが、雨が上がったのを見て、お墓へ。

白い百合と、美味しそうな菊を抱えてゆく。農協の店で買った百合もうつくしいが、菊はしゃんとして只者でない風情をかもしている。それを美味しそう、と思うあたりが「ずれている」かもしれないが、わたしのそういうところも、ははには認めてもらっていたな、と思う。

それに、ははとわたしは、どこか少し似ていたのだ。このあたりで云うところの「がしょうき」な気質である。

漢字で書くとすると、「我生気」になるのか。

がむしゃらというのか、夫に云わせると、「自我がはりきり過ぎている」ということになる。

(ねえ、おかあちゃん、なんだろうね、自我がはりきり過ぎるって云うのは、さ)。

お墓の前で手を合わせたとき、ははが亡くなって一年たったいま、熊谷の家に棲んでいるのだなあとしみじみする。

(自分の家とは思わず、古い大事な家の管理人のような気持ちで暮らしてゆきたいと思います)。

七月〇日

家のなかは整ってきたが、二階への階段がまだつかない。

長いはしごを使って上らなければならない。その昔、お蚕の家だった二階は広くて、がらんとしている。そこに窓をつけ、床を貼って、何かに用いようということになっているけれど、さて、何に用いられるようになるのだろう。

ひとりでここに上がり、大の字になって、しばらく午睡。

蚕のひとりになったようだ。

蚕が生糸を吐くように、わたしもうつくしいものが吐けたならうれしい。

七月○日

家で過ごす日、たいていオーバーオールを身につけている。

真夏はノースリーブのインナーにオーバーオールが定番。オーバーオールはわたしの「日常がんばり服」だから、気に入りのものを慎重に選ぶ。生地が厚いと重くなるので、重さも過ぎないように気をつけている。

コイドさん（熊谷の家のリノベーションの責任者）にとつぜん昼ごはんに誘われ、車に乗りこんだ。

「ここから車で十分ほどのところでお惣菜店を営んでいるお友だちのところで、美味しいもんを食べよう」

赤いノースリーブのトップスにオーバーオール、頭に黒いバンダナを巻いていたわたしは、オーバーオールはいいが、なかのトップスをちょっとエレガントなブラウスにしたかったな、と車のなかでぼんやり考える。仕方がないので、バンダナをはずし、手櫛で髪をごしごしやって整える。

オーバーオールというのは不思議で、なかに着るものでがらりと雰囲気が変わる。かちっとしたカッターシャツ、レースのブラウスなんかもうまくひき受けてくれるのだ。この懐の深さこそ、わたしがオーバーオールを好きになった原点だろう。

コイドさんが連れて行ってくれたお店のひとたちは明るくて、そろっておしゃれ。色づかいが個性的で、好きな服をつくるために「自分たちで染めちゃうかな」「そうね、染めちゃうわね」なんて云い合っている。なんでも、店は週四日開いて、あとはそれぞれ音楽、舞踏の活動をしているらしい。

やけにおいしいおみおつけをすすりながら、わたしはどこかでちょっぴりもじもじしている。オーバーオールのなかにブラウスを着ていたかったな、と思ってもじもじするのである。

いいふりをしたいのではない。

ムードなんである。

「たのしみにしてきました」

というムード。

「これからよろしくお願いします」

というムード。

「なんだか、ここはとってもおもしろい」

というムード。

こんなムードをつくるためにわたしは装っているのです。

ムードについて初めて考えたのは、二〇一一年の東日本大震災のときだった。

東京から離れた東北地方の受けた被害を思って、オロオロした。オロオロしているだけの自分を情けなく思い、さらにオロオロ……。

そんななか、遠く離れていてもこの事態となったこの国のムードは、わたしも確かにつくっているのだという、つよい実感が生まれた。

まず、祈った。

祈っているうち、この祈りはきっと被災地に届くだろうと信じられるようになっていった。

八月〇日

セミの大合唱。

降るように、湧くように鳴いている。

わたしには、これが読経のように聞こえる。

立ちどまり、静かに胸のあたりを耕して、祈るこの季節だからかもしれない。

ことしは熊谷のセミの大合唱のなかにあって、それは力づよく、休まず、耳ばかりではなく、このからだのすべての機能から染みてくる。

『最後の空襲　熊谷（8月14・15日戦禍の記憶と継承）』という本を手にとって、セミの大合唱のなかで開く。「熊谷空襲を忘れない市民の会」が編んだ本である。

一九四五（昭和二十）年八月十四日午後十一時三十分焼夷弾投下。

これは終戦の八月十五日に行われたさいごの空襲であり、埼玉県下最大のものだった。

熊谷市は戦後、県内唯一の戦災復興都市の指定を受けている。

ははから聞いたことがある。熊谷市の中心市街地にある姉の嫁ぎ先で空襲に遭ったはははは、深夜空襲を受けて、姉妹で当時田園地帯であった肥塚に走って逃げたのだ。

「とにかく、走って走って逃げたのよ」

と云うときのははの声は、いつもかすれる。

恐ろしい記憶と闘いながら、しぼり出すように語っては、ふう、と息をつく。五人きょうだいの末っ子のはははは、当時十二、三歳だった。

『最後の空襲　熊谷』には熊谷出身の作家森村誠一が「熊谷大空襲」という一文を寄せている。

ここには、夜、父親に枕を蹴飛ばされて起き上がると、周辺が真昼のように明るくなっていたこと、家族五人で近くの星川という小川に逃げたこと、父親の判断でそこから市外へ逃げたことが記されている。

市内の中央部を流れる星川に逃れた人びとは、皆、熱波に焼かれたという。

いつ、どんな形かわからないが、書いて、それを発表したいという突き上げるような衝動であった。この経験が、私がものを書く方面を志した原体験と言えよう。

このように、森村誠一の「熊谷大空襲」は結ばれている。

さてなぜ、熊谷空襲は起きたのか。

熊谷市の中心市街地には、現在の太田市にあった軍需工場・中島飛行機株式会社の下請け工場があった。そこでは戦闘機の給油タンクの部品やネジを製作し、トラックで太田まで運んだのだ。

この空襲は、熊谷に移住するまで長年暮らした東京都武蔵野市にも、つながりがある。一九四四（昭和十九）年十一月二十四日、武蔵野市に起きた東京初の空襲も、中島飛行機武蔵製作所への爆撃だった。

つながりと云ってもこれは悲劇であるけれど、このことは、わたしに戦争について学びつづけることを促してもいる。過去の出来事をなかったことにすることはできない。いや、過去の出来事をこころに刻み、学ぶことによってなら、過去を変えることができるのではないか。過去を変えるというのは云い過ぎかもしれないが、それは現在と未来のための礎（いしずえ）をつくるという意味だ。

八月〇日

工事の責任者であるコイドさんと、その相棒といえる大工のテバカさんが、一日がかりで、二階に上がる鋼鉄の階段に木の踏板をとりつける作業をつづける。高校野球の放送を流したりして、大型の扇風機をびゅんびゅんまわしたりして、おやつにみんなでアイスクリームを齧ったりして……、夏らしい日だった。

二階は半世紀前までお蚕の家だった。そこに床を貼り、奥にひとつ部屋をつくってもらったのだが、このただ広い板の間を何に使うかは、これから考える。きっと自然にふさわしい使い道に運ばれてゆくだろうと思う。

工事ちゅう、はしごをよじ登るようにして二階に上がっていたのが、きょうからはすたすたゆける。

夕方、コイドさんとテバカさんが、にこにこ顔で云う。

「きょうまでほんとうにたのしい仕事でした。どうもありがとうございました」

「……」

「また、いつでも声をかけてください」

「……」

このとき、母屋の工事がおおむね終わったことを知ったのだった。

八月〇日

思えば五月のはじめに引っ越してきたとき、わたしたちの居住スペースはほんのわずかで、風呂もなければ、台所もないという半分キャンプ生活だった。毎日大工さんが午前八時半に通勤するほか、多岐にわたる職人さんたちがやってきて、さかんに音がたったり、「山本さん」「ふみこさーん」（奥さんと呼ばれてもぽかんとしているので、このどちらかで）と呼ばれたり、「お十時」と「お三時」の仕度にのぼせあがったり。

職人さんたちの苦労を知っているから、住んでいたって、気の抜けないところがあり、壁に絵を掛けようというときでも、簡単に釘を打ったりできやしない。

もともと、ある流れのなか、この家を預かって暮らそうとこころに決めている上に、大工さん職人さんの仕事を思いながら（この家の半分は、そういうひとたちのものでもある、という思いがあるんです）、わたしはゆこうとしている。この気持ちがあるかぎり、きっと守られて、ふさわしい暮らしびとに近づけるのではないかしら。

ところで、職人さんたちへの観察のなかで、もっとも感慨深いのは、慎みである。施主とのあいだにきっちり縄を張り（比喩であります）、それをまたいでこちらへ踏みこまない。過ぎるのではないかと思えるほどの慎みは、長く受け継がれてきた伝統でもあろうけれど、たまには縄をゆるめてほしいなあと思うこともあったのだ。

しかし、ひとりの職人でありたいと希（ねが）いつづけてきたわたしには、慎みが不足しているとも省（かえり）みられ、複雑。

八月〇日

迎え盆。盆提灯を灯してお墓からご先祖さまがたをお迎えし、きょうは中日（ちゅうにち）。

朝目覚めると、亡きははが胸のあたりで何かささやいている。

「ふんちゃん」

「は？」

「ふんちゃん、みそはぎ！」

ああ！

一週間前に園芸店で求めて、鉢に植えておいたのに、「切って、水を張った皿に寝かせて置く」を忘れていた。

そうだった、そうだった。

二〇一八年のお盆、杖をつきながらもははは気丈に仕度をすすめていた。

あのとき、ははにくっついて、ご近所の庭にみそはぎを分けてもらいに行ったのだ。みそはぎは精霊花とも呼ばれていて、なんでも、この花の露をご先祖さまがたは好んで摂られるのだということを、このとき、おしえられた。

忘れていることは、きっとほかにもあると思うけれども、ことしはこれで精一杯。たのしゅうございました。十六日にはお送りします（送り盆）。

八月〇日

引っ越しは軽くはなかった。

しかしそれを重荷にしないため、「何事も大げさにとらえ過ぎない」と決めておいたことは、やはりわるくなかったように思う。

ほんとうのところ、ずっと移住にかかる作業と、仕事と、ぎりぎりのルーティーンしかしていなかったようだ。

大げさに考えなかったからこそ、三か月半が過ぎたいまになってそのことに気がつき、あらま、なんて思っているのである。ぼんやりと。

大げさに受けとめるとよいこともある。

それはうれしいこと、ありがたい事ごと。

八月○日

三女栞が韓国留学からもどる日。

コロナ禍の約束として、成田国際空港に到着しても、公共交通をつかうことができないため、夫とクルマで迎えに行く。

いろいろな不都合を跳ね除けて栞が出発したのが二〇二〇年十一月末だから、九か月がたっている。長いようで短く、短いようで長い九か月だ。その間、母船は移住を果たし、娘は他国で暮らしてことばを習得したのである。ともに挑戦の九か月ということになる。

九か月のあいだ、娘を通して隣国から学んだことは、いろいろあるが、もっとも衝撃的だったのはスピードだ。決めたらとにかく動く。するべきことにすぐ着手する。韓国のひとたちは、動きながら決めたり、調整したりして進んでゆくのが得意だ。

スピード感をすこおし身につけて戻った三女に触発されて、わたしの机上に重なっている、ぐずぐず案件に着手。こんなに溜めこんでいたのかと、ショックを受ける。

栞にとって久しぶりの家のごはん。

しらす干しがいちばんウケる。

九月〇日

東京に出かけ、家にもどるとき、ふと畑のあぜ道を歩こうと思いつき、足を踏み入れる。靴は汚れるのだが、あぜ道はやさしい。あぜ道は足先からわたしに「よく来たよく来た」と伝えてくれているようで、わたしはかまわず、エナメルの靴でゆく。

ブルーベリー畑にさしかかる草むらの上に、白いものが見えた。

「あ、真珠」

二週間前にブルーベリーを摘もうと、ネットをくぐるとき、ネットに引っかかってはずれたわたしのピアスだった。落としたとき探したのに見つけられなかった。

「こういうものを失くすときは、命拾い命拾い」

ととなえつつあきらめたのだった。

誰かが置いたように落ちていた。もしかしたら……と思う。もしかしたらアリたちが、お祭りか何かに使い、それが終わったので返してくれたのではないか。

身をかがめてピアスを拾い、わたしはそこらの草むらに向かって云う。

「ありがとう、ありがとう」

九月〇日

三女の栞の、新型コロナウィルス感染症対策としての待機期間が明けた。

いちばん最初にしたことは、ふたり散歩である。

熊谷駅まで徒（かち）で行き来する。近道を選べば片道五十分だと夫は云うが、「散歩にふさわしい道」「行きと帰りと異なる道」を選び選び進む。ならんでいると、横を歩く相手が、あるまとまった経験を経た存在であることが伝わってくる。

「思いきって韓国へ行ってよかったね。勇敢でした」

「あはは、それはオンマ（わたしです）もでしょ。思いきって移住を決め、実行してよかったね。勇敢でした」

九月〇日

朝、洗濯ものを干そうと裏口を出たところで、足がとまる。

数歩先に小さなカエルが佇んでいたのである。こちらはいつも通りの下駄履きで、カラコロと音をたてているのだが、カエルは薄鈍色（うすにびいろ）の背中を見せたまま動かないでいる。

下駄を爪先立てて、音が鳴らぬようにして干し場に進むと、その横顔が見えた。

アオガエルだろうか。

まわりに合わせて（たぶん）青の色味を消し去っているせいで、その横顔には憂いの影がさしている。

洗濯ものを干すあいだ、カエルは動かなかった。

「あと一時間もすれば、アナタの悩みは消えているんじゃないかな。そうなるといいね」（ヒトの場合には「三日もすれば」と念ずるところを、一時間もすればとやってみたのである）。

二度めの洗濯を終えて、ふたたび裏の干し場に出たとき、カエルはもうそこにいなかった。

九月〇日

このところ、夜なべ仕事がつづいている。

熊谷の夜は深く、真っ黒だ。

深みにはまり、黒く沈むひとりきりのこの時間は、外から流れこむものを遮る。もしかしたら、もっともわたしに必要なひとときであるのかもしれない。

とっとと仕事を進めればいいのだが、夜に誘われて、気が揺らぐ。

ことばを手に入れたいと焦りながらも、わざとゆっくりハーブティーを淹れたりしているうち、夜は更けてゆく。

十月〇日

熊谷に引っ越してきて初めて聞いたことばがある。

「うなう」

最近、夫はちょっと時間を見つけては「うなう」という呪文を残して出かけてゆく。

「ちょっと行って、田んぼをうなってくる」

トラクター（耕運機）のエンジンをかけ、ブブブブブと出かけてゆく。

野良着に着替え、首に手ぬぐいを巻きつけて。

うちの田んぼは、この二年間米づくりを休んでいる。一年目は両親の介護のため、二年目はコロナ禍でほうぼうからの応援を呼べなかったため、と夫は説明している。

それを「然(さ)もありなん」と聞いていたのだが、夫のこころはそれではおさまっていなかった。

よその田んぼに青々と稲が育つのを……、稲が根と葉をのばしてゆくのを……、とうとうもみのなかで実が育って穂が垂れてゆくのを……見ては、うらやましそうにしている。せめて耕作を休んでいる田んぼが草ぼうぼうにならぬよう、トラクターで出かけて行って、うなう＝耕して雑草を除くのだ。田畑を預かる誇りにつながっているのだと思う。荒れた田畑は恥ずかしいという思いが、わたしにも少しわかるようになった。

恥ずかしいといえば、夫が農作業に出かけるときのあれは、ちょっと恥ずかしい。ダンガリーのシャツの袖に、ときどき、花模様のアームカヴァをつけるのだ。ははは愛用のアームカヴァ。

ちがうものを縫うか、どこかで探そうと思うのだが、なんとなくははの腕が動いているようでなつかしく、そのままにしている。

来年は米も麦も（二毛作）つくるそうだ。

十月○日

寒くなってきた。

わくわくする。年々、冬が好きになってゆき、かつてそうでなかった時代からすると、夢のようだ。子どものころ、あまり冬が好きでなかった。

「毛糸のパンツを穿きなさい」と云う母に追いかけまわされた記憶。オーバーコートを着たくなくて子ども部屋のベッドの下に（オーバーコートを）隠した記憶。早くあたたかくならないかなあと、そればかり思いつづけていた記憶……。冬に申しわけなかった。

この年になってやっとのことで、この星（地球）のこの区分け（日本）、この地域（埼玉県熊谷市）を一年を通じて愛するという意味で、感覚の四隅が整ったということとしよう。うん、そうだ。ずいぶん時間がかかったけれども。

五本指のハイソックスを求めてきて、わたしはそれを穿く。そうして下駄。

十月〇日

寝る前にもうひと仕事、と思って机に向かう。

いつのまにか夜が更け、全身冷気にまとわりつかれていた。

「さむ」

気を散らし散らし仕事するのが得意なわたしだが、ふと我を忘れて入りこむこともあって、そうなるとまわりがまったく見えなくなる。いつのまにか峠にひとり、佇んでいたりする。夜はことにそうなりやすく、登ってきた山をどんなふうに下りているのだか、わからない。わたしのことだから、「ころがり下りる」のに近い有様(ありさま)ではないのか。

冷えきりついでに玄関の戸をガラリとあけ、おもてに出る。

すると、すると、あたりの暗がりの上空に、瞬くものが見えた。

オリオン座のベルト近くの赤い星ベテルギウス、こいぬ座のプロキオン、おおいぬ座のシリウスに挨拶。

ベテルギウス、プロキオン、シリウスを結ぶと「冬の大三角」が見えてくる。

「ちぎれるようなかなしみ」ということばがふと浮かぶ。

その感覚を記憶のなかに探しながら、この頭上のうつくしさは、それにも似ているようだ、と思ったりする。

十一月〇日

友人ふたりが来訪。

東京都武蔵野市の教育委員時代、親しくしていただいたイイダ校長せんせい、ワタナベ副校長せんせいだ。小学校から離れたあとも、武蔵野市の教育のために力を尽くされている。

三人で田畑のあいだの道を歩く。

空を見上げたふたりの、雲の授業がはじまる。

「きれいなすじ雲だ」

「でも、低いところにありますね」

道端の木を見て、研究がはじまる。

「これが『梶（かじ）』ですよ。赤い実がついているな」

「ああ、梶。桑より少し上等な梶、ですか」

三人目のわたしは、すこおし利口になって歩いてゆく。

「前校長せんせい、前副校長せんせい、ソフトクリームを歩き食べしてはいけませんか？」

「食べます」

「食べながら、歩きます」


晴れた気持ちのいい日。

おわりに――十年後のわたし

友だちが云うのです。

「十年後の自分と、話してみるといいよ」

「……」

「十年後の自分は、いま、するべきことをおしえてくれるかもしれないよ」

「そうか、やってみるね」

「ときどきでいい。ふだんはあなたらしく、あさってより先は見なくていい」


課題がきた、と思いました。

そこで先日、十年後のわたしとならんで歩いてみました。ひとと話すとき、ならんで歩くのが好きなのです。てくてくてくてくてく。

「元気でいますか?」

恐る恐る訊く。

「元気よ。足もピンピンしてる」

このあと、わたしは黙っていました。黙ってただ、ただならんで歩いたのです。

もうひとりのわたしは、何か云いたげでしたが、やっぱり黙って歩いています。

散歩の終わりに、もうひとりのわたしはこう云いました。

「気を楽にして、ひとに親切にしながら、おもしろがって過ごしたらいいよ。そして、ちゃんと眠ること」

十六年間、毎週度火曜日に更新してきたブログのうちの最近の八年間のものをまとめたのがこの本です。めずらしく過去をふり返る日々を過ごしました。未来に向けては「あさってより先を見ない」と云い、過去に向けては「ほとんど見ない」と云ってのけるわたしなのです。

清流出版の古満温（ふるみつすなお）さんとともに編み上げた本です。

待ったり、励ましたり、雑用の一切を引き受けながら、ここまで導いていただきました。厚く御礼申し上げます。

ブックデザインの白畠かおりさん、写真家の田邊美樹さんにもたいそうお世話になりました。

ブロク「ふみ虫、泣き虫、本の虫。」の広場に集ってくださる皆さんへ。

いつもいつもいつも、どうもありがとうございます。

二〇二三年二月　春霞たなびく頃

山本ふみこ

本書は、山本ふみこブログ「ふみ虫、泣き虫、本の虫。」、「くまがや日記」より抜粋、加筆・修正したものに、書き下ろしを加えました。

山本ふみこ（やまもと・ふみこ）

1958年、北海道小樽市生まれ。現在、埼玉県熊谷市在住。随筆家。「ふみ虫舎」エッセイ講座主宰。自由学園最高学部卒業。出版社勤務をへて文筆業へ。日々の暮らしに寄せるあたたかな視点に定評がある。東京都武蔵野市教育委員や東京都市町村教育委員会連合会会長を歴任。著書に『忘れてはいけないことを、書きつけました。』（清流出版）、『家のしごと』（ミシマ社）他多数。

「山本ふみこ　公式 HP」https://www.fumimushi.com

ブックデザイン　白畠かおり

撮影　田邊美樹

2023 年 4 月 22 日　初版第 1 刷発行

著　者　　山本ふみこ

発行者　　松原淑子

発行所　　清流出版株式会社

〒101-0051
東京都千代田区神田神保町 3-7-1
電話　03-3288-5405
編集担当　古満 温
https://www.seiryupub.co.jp/

印刷・製本　シナノパブリッシングプレス

乱丁・落丁本はお取替えします。

ISBN978-4-86029-540-0

本書をお読みになったご意見・ご感想を下記 URL、QR コードよりお寄せください。
https://pro.form-mailer.jp/fms/91270fd3254235